소나기

소나기

▌2010년 1월 20일 발행

▌지은이_ 황순원
펴낸이_ 박준기
펴낸곳_ 도서출판 맑은소리
주소_ 서울시 금천구 가산동 550-1 롯데 IT캐슬 2동 1206호
전화_ 02-857-1488
팩스_ 02-867-1484
등록_ 제10-618호(1991.9.18)

▌ISBN 978-89-7952-114-6 03810

01
다시 읽는
황순원

소나기

맑은소리

문학, 지성과 품성을 만드는 생명의 언어

허병두 | 서울 숭문고 교사, 교육부 독서교육발전자문위원회 위원,
EBS FM '책과의 만남' 진행자,
'책으로 따뜻한 세상 만드는 교사들' 대표

문학작품은 우리네 삶을 들여다보는 거울이다. 그 거울은 작가의 예리한 통찰력과 풍부한 상상력으로 닦여져 읽는 이의 눈을 예리하게 틔워주고 그윽하게 만든다. '차, 세상은 이런 거야. 그리고 삶은 이렇게 사는 거야.' 빛나는 거울 속에서 퉁겨져 나온 언어들이 세상과 인생의 깊은 속내를 전해 준다. 때로는 깊은 생각에 턱을 고이게 하고, 때로는 격렬하게 가슴을 적셔오는 언어들……. 문학은 바로 이러한 언어들의 축제다.

그래서 문학작품은 영혼이 푸른 시절에 읽으면 더욱 좋다. 잔잔한 아침바다 위에 떠오른 해류들이 먼길을 떠날 채비를 서두르며 뒤척이듯이, 문학작품은 삶이라는 망망대해로 떠나가는 작은 조각배를 생기롭게 한다. '그래, 이쪽으로 가는 거야. 바로 여기가 삶의 보물이 묻혀 있는 곳이지.' 이처럼 문학작품은 푸른 영혼들의 삶에 방향을 제시하며 인생을 풍요롭게 해준다.

그런 측면에서 볼 때 도서출판 맑은소리의 한국 대표작가 문학선집 '다시 읽는 한국문학 시리즈'는 청소년들이 읽기에 안성맞춤이다. 명작이라고 그저 활자들의 감옥처럼 만들어 딱딱하고 고압적인 느낌이 들게 했던 종래의 책들과는 달리 이제 막 세상에 눈을 뜨는 청소년 독자들이 읽기 좋게 여러모로 배려되어 있다.

1920~1930년대의 문학작품들에서 출발하여, 1920년 이전의 근대문학부터 최근의 현대문학에 이르기까지 계속해서 폭넓게 기획·출간될 어 시리즈는 특히 원전을 고스란히 살리되 해당 작가의 작품 세계를 대표하는 엄선된 작품들, 그리고 작품의 깊은 속내를 충분히 이해하고 즐길 수 있도록 그려진 삽화들 덕분에 책을 읽고 난 독자들은 그 작가의 나머지 작품 세계까지도 파고들고 싶은 욕

심이 날 듯싶다.

문학은 생존 이전에 인간이 지녀야 할 지성과 품성을 만들어주는 생명의 언어들이다. 모쪼록 여러분의 삶을 늘 지켜주고 밝혀줄 생명의 언어들을 '다시 읽는 한국문학 시리즈'에서 만나기를 바란다. 여러분이 책갈피를 넘기며 만나게 되는 빛나는 언어들은 어느 험한 굽이에서 여러분을 굳게 잡아줄 것이다.

차례

소녀가 속삭이듯이, 이리 들어와 앉으라고 했다. 괜찮다고 했
다. 소녀가 다시 들어와 앉으라고 했다. 할 수 없이 뒷걸음질을
쳤다. 그 바람에 소녀가 안고 있는 꽃묶음이 우그러들었다.

소나기

소년은 개울가에서 소녀를 보자 곧 윤 초시네 증손녀딸이라는
걸 알 수 있었다. 소녀는 개울에 손을 잠그고 물장난을 하고 있는
것이다. 서울서는 이런 개울물을 보지 못하기나 한 듯이.

벌써 며칠째 소녀는 학교서 돌아오는 길에 물장난이었다. 그런
데 어제까지는 개울기슭에서 하더니 오늘은 징검다리 한가운데
앉아서 하고 있다.

소년은 개울둑에 앉아 버렸다. 소녀가 비키기를 기다리자는 것
이다.

요행 지나가는 사람이 있어 소녀가 길을 비켜 주었다.

다음날은 좀 늦게 개울가로 나왔다.

이날은 소녀가 징검다리 한가운데 앉아 세수를 하고 있었다. 분홍 스웨터 소매를 걷어 올린 팔과 목덜미가 마냥 희었다.

한참 세수를 하고 나더니 이번에는 물 속을 빤히 들여다본다. 얼굴이라도 비추어 보는 것이리라. 갑자기 물을 움켜 낸다. 고기 새끼라도 지나가는 듯.

소녀는 소년이 개울둑에 앉아 있는 걸 아는지 모르는지 그냥 날쌔게 물만 움켜 낸다. 그러나 번번이 허탕이다. 그래도 재미있는 양, 자꾸 물만 움킨다. 어제처럼 개울을 건너는 사람이 있어야 길을 비킬 모양이다.

그러다가 소녀가 물 속에서 무엇을 하나 집어 낸다. 하얀 조약돌이었다. 그러고는 훌쩍 일어나 팔짝팔짝 징검다리를 뛰어 건너간다.

다 건너가더니 홱 이리로 돌아서며,

"이 바보."

조약돌이 날아왔다.

소년은 저도 모르게 벌떡 일어섰다.

단발머리를 나풀거리며 소녀가 막 달린다. 갈밭 사잇길로 들어섰다. 뒤에는 청량한 가을 햇살 아래 빛나는 갈꽃뿐.

이제 저쯤 갈밭머리로 소녀가 나타나리라. 꽤 오랜 시간이 지났다고 생각됐다. 그런데도 소녀는 나타나지 않는다. 발돋움을 했다. 그러고도 상당한 시간이 지났다고 생각됐다.

저쪽 갈밭머리에 갈꽃이 한 옴큼 움직였다. 소녀가 갈꽃을 안고 있었다. 그리고 이제는 천천한 걸음이었다. 유난히 맑은 가을 햇살이 소녀의 갈꽃머리에서 반짝거렸다. 소녀 아닌 갈꽃이 들길을 걸어가는 것만 같았다.

소년은 이 갈꽃이 아주 뵈지 않게 되기까지 그대로 서 있었다. 문득 소녀가 던진 조약돌을 내려다보았다. 물기가 걷혀 있었다. 소년은 조약돌을 집어 주머니에 넣었다.

다음날부터 좀더 늦게 개울가로 나왔다. 소녀의 그림자가 뵈지 않았다. 다행이었다.

그러나 이상한 일이었다. 소녀의 그림자가 뵈지 않는 날이 계속

될수록 소년의 가슴 한구석에는 어딘가 허전함이 자리잡는 것이었다. 주머니 속 조약돌을 주무르는 버릇이 생겼다.

그러한 어떤 날, 소년은 전에 소녀가 앉아 물장난을 하던 징검다리 한가운데에 앉아 보았다. 물 속에 손을 잠갔다. 세수를 하였다. 물 속을 들여다보았다. 검게 탄 얼굴이 그대로 비치었다. 싫었다.

소년은 두 손으로 물 속의 얼굴을 움키었다. 몇 번이고 움키었다. 그러다가 깜짝 놀라 일어나고 말았다. 소녀가 이리 건너오고 있지 않느냐.

숨어서 내가 하는 꼴을 엿보고 있었구나. 소년은 달리기 시작했다. 디딤돌을 헛짚었다. 한 발이 물 속에 빠졌다. 더 달렸다.

몸을 가릴 데가 있어 줬으면 좋겠다. 이쪽 길에는 갈밭도 없다. 메밀밭이다. 전에 없이 메밀꽃내가 짜릿하니 코를 찌른다고 생각됐다. 미간이 아찔했다. 찝찔한 액체가 입술에 흘러들었다. 코피였다. 소년은 한 손으로 코피를 훔쳐 내면서 그냥 달렸다. 어디선가 바보, 바보, 하는 소리가 자꾸만 뒤따라오는 것 같았다.

토요일이었다.

개울가에 이르니 며칠째 보이지 않던 소녀가 건너편가에 앉아 물장난을 하고 있었다.

모르는 체 징검다리를 건너기 시작했다. 얼마 전에 소녀 앞에서 한 번 실수를 했을 뿐, 여태 큰길 가듯이 건너던 징검다리를 오늘은 조심스럽게 건넌다.

"애."

못 들은 체했다. 둑 위로 올라섰다.

"애, 이게 무슨 조개지?"

자기도 모르게 돌아섰다. 소녀의 맑고 검은 눈과 마주쳤다. 얼른 소녀의 손바닥으로 눈을 떨구었다.

"비단조개."

"이름도 참 곱다."

갈림길에 왔다. 여기서 소녀는 아래대*로 한 삼 마장*쯤, 소년은

---

* 아래대 어떤 지역을 기준으로 그 아래쪽에 있는 지대나 지역. 북한어.
* 마장 오 리나 십 리가 못 되는 거리를 이르는 말.

우대*로 한 십 리 가까이 길을 가야 한다.

소녀가 걸음을 멈추며,

"너 저 산 너머에 가 본 일 있니?"

벌 끝을 가리켰다.

"없다."

"우리 가 보지 않을래? 시골 오니까 혼자서 심심해 못 견디겠다."

"저래 뵈두 멀다."

"멀면 얼마나 멀겠니? 서울 있을 땐 사뭇 먼 데까지 소풍 갔었다."

소녀의 눈이 금세 바보, 바보, 할 것만 같았다.

논 사잇길로 들어섰다. 벼 가을걷이하는 곁을 지나갔다.

허수아비가 서 있었다. 소년이 새끼줄을 흔들었다. 참새가 몇 마리 날아간다. 참, 오늘은 일찍 집으로 돌아가 텃논*의 참새를 봐

* 우대 위쪽. 높은 쪽.
* 텃논 집터에 딸리거나 마을 가까이에 있는 논.

 야 할걸, 하는 생각이 든다.

"아, 재밌다!"

소녀가 허수아비 줄을 잡더니 흔들어 댄다. 허수아비가 대고 우쭐거리며 춤을 춘다. 소녀의 왼쪽 볼에 살포시 보조개가 패었다.

저만치 허수아비가 또 서 있다. 소녀가 그리로 달려간다. 그 뒤를 소년도 달렸다. 오늘 같은 날은 일찌감치 집으로 돌아가 집안일을 도와야 한다는 생각을 잊어버리기라도 하려는 듯이.

소녀의 곁을 스쳐 그냥 달린다. 메뚜기가 따끔따끔 얼굴에 와 부딪친다. 쪽빛으로 한껏 갠 가을 하늘이 소년의 눈앞에서 맴을 돈다. 어지럽다. 저놈의 독수리, 저놈의 독수리, 저놈의 독수리가 맴을 돌고 있기 때문이다.

돌아다보니 소녀는 지금 자기가 지나쳐 온 허수아비를 흔들고 있다. 좀 전 허수아비보다 더 우쭐거린다.

논이 끝난 곳에 도랑이 하나 있었다. 소녀가 먼저 뛰어 건넜다.

거기서부터 산 밑까지는 밭이었다.

수숫단을 세워 놓은 밭머리를 지났다.

"저게 뭐니?"

"원두막."

"여기 참외 맛있니?"

"그럼, 참외 맛두 좋지만 수박 맛은 더 좋다."

"하나 먹어 봤으면."

소년이 참외그루에 심은 무밭으로 들어가, 무 두 밑*을 뽑아 왔
다. 아직 밑이 덜 들어 있었다. 잎을 비틀어 팽개친 후 소녀에게 한
밑 건넨다. 그러고는 이렇게 먹어야 한다는 듯이 먼저 대강이를 한
입 베물어 낸 다음 손톱으로 한 돌이* 껍질을 벗겨 우적 깨문다.

소녀도 따라 했다. 그러나 세 입도 못 먹고,

"아, 맵고 지려."

하며 집어던지고 만다.

"참 맛없어 못 먹겠다."

소년이 더 멀리 팽개쳐 버렸다.

산이 가까워졌다.

---

* 밑 밑동. 채소 등의 굵은 뿌리 부분.
* 돌이 무엇의 둘레에 한 바퀴 돌거나 감긴 것을 세는 단위. 북한어.

단풍잎이 눈에 따가웠다.

"야아!"

소녀가 산을 향해 달려갔다. 이번엔 소년이 뒤따라 달리지 않았다. 그러고도 곧 소녀보다 더 많은 꽃을 꺾었다.

"이게 들국화, 이게 싸리꽃, 이게 도라지꽃……."

"도라지꽃이 이렇게 예쁜 줄은 몰랐네. 난 보랏

빛이 좋아! ……근데 이 양산같이 생긴 노란 꽃이 뭐

지?"

"마타리꽃."

소녀는 마타리꽃을 양산 받듯이 해 보인다. 약간 상기된 얼굴에 살포시 보조개를 떠올리며.

다시 소년은 꽃 한 옴큼을 꺾어 왔다. 싱싱한 꽃가지만 골라 소녀에게 건넨다.

그러나 소녀는,

"하나도 버리지 마."

산마루께로 올라갔다.

맞은편 골짜기에 오순도순 초가집이 몇 모여 있었다.

누가 말한 것도 아닌데 바위에 나란히 걸터앉았다. 유달리 주위가 조용해진 것 같았다. 따가운 가을 햇살만이 말라가는 풀냄새를 퍼뜨리고 있었다.

"저건 또 무슨 꽃이지?"

적잖이 비탈진 곳에 칡덩굴이 엉키어 끝물꽃을 달고 있었다.

"꼭 등꽃 같네. 서울 우리 학교에 큰 등나무가 있었단다. 저 꽃을 보니까 등나무 밑에서 놀던 동무들 생각이 난다."

소녀가 조용히 일어나 비탈진 곳으로 간다. 꽃송이가 달린 줄기를 잡고 끊기 시작한다. 좀처럼 끊어지지 않는다. 안간힘을 쓰다가 그만 미끄러지고 만다. 칡덩굴을 그러쥐었다.

소년이 놀라 달려갔다. 소녀가 손을 내밀었다. 손을 잡아 이끌어 올리며, 소년은 제가 꺾어다 줄 것을 잘못했다고 뉘우친다.

소녀의 오른쪽 무릎에 핏방울이 내맺혔다. 소년은 저도 모르게 생채기에 입술을 가져다 대고 빨기 시작했다. 그러다가 무슨 생각을 했는지 홱 일어나 저쪽으로 달려간다.

좀만에 숨이 차 돌아온 소년은,

"이걸 바르면 낫는다."

송진을 생채기에다 문질러 바르고는 그 달음으로 칡덩굴 있는
데로 내려가 꽃 달린 줄기를 이빨로 끊어 가지고 올라온다. 그러
고는,

"저기 송아지가 있다, 그리 가 보자."

누렁송아지였다. 아직 코뚜레도 꿰지 않았다.

소년이 고삐를 바투 잡아쥐고 등을 긁어 주는 척 후딱 올라탔
다. 송아지가 껑충거리며 돌아간다.

소녀의 흰 얼굴이, 분홍 스웨터가, 남색 스커트가 안고 있는 꽃
과 함께 뒤범벅이 된다. 모두가 하나의 큰 꽃묶음 같다. 어지럽다.
그러나 내리지 않으리라. 자랑스러웠다. 이것만은 소녀가 흉내내
지 못할 자기 혼자만이 할 수 있는 일인 것이다.

"너희 예서 뭣들 하느냐?"

농부 하나가 억새풀 사이로 올라왔다.

송아지 등에서 뛰어내렸다. 어린 송아지를 타서 허리가 상하면
어쩌느냐고 꾸지람을 들을 것만 같다.

그런데 나룻이 긴 농부는 소녀 편을 한번 훑어보고는 그저 송아
지 고삐를 풀어 내면서,

"어서들 집으루 가거라. 소나기가 올라."

참, 먹장구름 한 장이 머리 위에 와 있다. 갑자기 사면이 소란스러워진 것 같다. 바람이 우수수 소리를 내며 지나간다. 삽시간에 주위가 보랏빛으로 변했다.

산을 내려오는데 떡갈나무 잎에서 빗방울 듣는* 소리가 난다. 굵은 빗방울이었다. 목덜미가 선뜻선뜻했다. 그러자 대번에 눈앞을 가로막는 빗줄기.

비안개 속에 원두막이 보였다. 그리로 가 비를 그을* 수밖에.

그러나 원두막은 기둥이 기울고 지붕도 갈래갈래 찢어져 있었다. 그런 대로 비가 덜 새는 곳을 가려 소녀를 들어서게 했다. 소녀의 입술이 파랗게 질려 있었다. 어깨를 자꾸 떨었다.

무명 겹저고리를 벗어 소녀의 어깨를 싸 주었다. 소녀는 비에 젖은 눈을 들어 한번 쳐다보았을 뿐, 소년이 하는 대로 잠자코 있었다. 그러면서 안고 온 꽃묶음 속에서 가지가 꺾이고 꽃이 일그

---

* 듣다 눈물이나 빗물 따위의 액체가 방울져 떨어지다.
* 긋다 비를 잠시 피하여 그치기를 기다리다.

러진 송이를 골라 발 밑에 버린다.

소녀가 들어선 곳도 비가 새기 시작했다. 더 거기서 비를 그을 수 없었다.

밖을 내다보던 소년이 무엇을 생각했는지 수수밭 쪽으로 달려간다. 세워 놓은 수숫단 속을 비집어 보더니, 옆의 수숫단을 날라다 덧세운다. 다시 속을 비집어 본다. 그러고는 소녀 쪽을 향해 손짓을 한다.

수숫단 속은 비는 안 새었다. 그저 어둡고 좁은 게 안됐다. 앞에 나앉은 소년은 그냥 비를 맞아야만 했다. 그런 소년의 어깨에서 김이 올랐다.

소녀가 속삭이듯이, 이리 들어와 앉으라고 했다. 괜찮다고 했다. 소녀가 다시 들어와 앉으라고 했다. 할 수 없이 뒷걸음질을 쳤다. 그 바람에 소녀가 안고 있는 꽃묶음이 우그러들었다. 그러나 소녀는 상관없다고 생각했다. 비에 젖은 소년의 몸내음새가 확 코에 끼얹혀졌다. 하지만 고개를 돌리지 않았다. 도리어 소년의 몸기운으로 해서 떨리던 몸이 적이 누그러지는 느낌이었다.

소란하던 수수잎 소리가 뚝 그쳤다. 밖이 멀개졌다.

수숫단 속을 벗어나왔다. 멀지 않은 앞쪽에 햇빛이 눈부시게 내리붓고 있었다.

도랑 있는 곳까지 와 보니, 엄청나게 물이 불어 있었다. 빛마저 제법 붉은 흙탕물이었다. 뛰어 건널 수가 없었다.

소년이 등을 돌려 댔다. 소녀가 순순히 업히었다. 걷어 올린 소년의 잠방이*까지 물이 올라왔다. 소녀는, 어머나 소리를 지르며 소년의 목을 그러안았다.

개울가에 다다르기 전에 가을 하늘은 언제 그랬는가 싶게 구름 한 점 없이 쪽빛으로 개어 있었다.

그 다음날은 소녀의 모양이 뵈지 않았다. 다음날도, 다음날도, 매일같이 개울가로 달려와 봐도 뵈지 않았다.

학교에서 쉬는 시간에 운동장을 살피기도 했다. 남몰래 오학년 여자반을 엿보기도 했다. 그러나 뵈지 않았다.

그날도 소년은 주머니 속 흰 조약돌만 만지작거리며 개울가로

* 잠방이 가랑이가 무릎까지 내려오도록 짧게 만든 홑바지.

나왔다. 그랬더니 이쪽 개울둑에 소녀가 앉아 있는 게 아닌가.

소년은 가슴부터 두근거렸다.

"그동안 앓았다."

알아보게 소녀의 얼굴이 해쓱해져 있었다.

"그날 소나기 맞은 것 때메?"

소녀가 가만히 고개를 끄덕이었다.

"인제 다 낫냐?"

"아직도……."

"그럼 누워 있어야지."

"너무 갑갑해서 나왔다. ……그날 참 재밌었어. ……근데 그날
어디서 이런 물이 들었는지 잘 지지 않는다."

소녀가 분홍 스웨터 앞자락을 내려다본다. 거기에 검붉은 진흙
물 같은 게 들어 있었다.

소녀가 가만히 보조개를 떠올리며,

"이게 무슨 물 같니?"

소년은 스웨터 앞자락만 바라다보고 있었다.

"내, 생각해 냈다. 그날 도랑 건널 때 내가 업힌 일 있지? 그때

네 등에서 옮은 물이다."

소년은 얼굴이 확 달아오름을 느꼈다.

갈림길에서 소녀는,

"저, 오늘 아침에 우리집에서 대추를 땄다. 내일 제사 지내려
구……."

대추 한 줌을 내어준다.

소년은 주춤한다.

"맛봐라, 우리 증조할아버지가 심었다는데 아주 달다."

소년은 두 손을 오그려 내밀며,

"참 알두 굵다!"

"그리구 저, 우리 이번에 제사 지내구 나서 좀 이따 집을 내주게
됐다."

소년은 소녀네가 이사해 오기 전에 벌써 어른들의 이야기를 들
어서 윤 초시 손자가 서울서 사업에 실패해 가지고 고향에 돌아오
지 않을 수 없게 됐다는 걸 알고 있었다. 그것이 이번에는 고향집
마저 남의 손에 넘기게 된 모양이었다.

"왜 그런지 난 이사가는 게 싫어졌다. 어른들이 하는 일이니 어

쩔 수 없지만……."

전에 없이 소녀의 까만 눈에 쓸쓸한 빛이 떠돌았다.

소녀와 헤어져 돌아오는 길에 소년은 혼자 속으로 소녀가 이사를 간다는 말을 수없이 되뇌어 보았다. 무어 그리 안타까울 것도 서러울 것도 없었다. 그렇건만 소년은 지금 자기가 씹고 있는 대추알의 단맛을 모르고 있었다.

이날 밤, 소년은 몰래 덕쇠할아버지네 호두밭으로 갔다.

낮에 봐 두었던 나무로 올라갔다. 그리고 봐 두었던 가지를 향해 작대기를 내리쳤다. 호두송이 떨어지는 소리가 별나게 크게 들렸다. 가슴이 선뜻했다. 그러나 다음 순간, 굵은 호두야 많이 떨어져라, 많이 떨어져라, 저도 모를 힘에 이끌려 마구 작대기를 내리치는 것이었다.

돌아오는 길에는 열이틀 달이 지우는 그늘만 골라 짚었다. 그늘의 고마움을 처음 느꼈다.

불룩한 주머니를 어루만졌다. 호두송이를 맨손으로 깠다가는 옴이 오르기 쉽다는 말 같은 건 아무렇지도 않았다. 그저 근동에서 제일가는 이 덕쇠할아버지네 호두를 어서 소녀에게 맛보여야

한다는 생각만이 앞섰다.

그러다 아차, 하는 생각이 들었다. 소녀더러 병이 좀 낫거들랑 이사가기 전에 한번 개울가로 나와 달라는 말을 못해 둔 것이었다. 바보 같은 것, 바보 같은 것.

이튿날, 소년이 학교에서 돌아오니 아버지가 나들이옷으로 갈아입고 닭 한 마리를 안고 있었다.

어디 가시느냐고 물었다.

그 말에는 대꾸도 없이 아버지는 안고 있는 닭의 무게를 겨냥해 보면서,

"이만하면 될까?"

어머니가 망태기를 내주며,

"벌써 며칠째 걀걀하구 알 낳을 자리를 보든데요. 크진 않아두 살은 쪘을 거예요."

소년이 이번에는 어머니한테 아버지가 어디 가시느냐고 물어보았다.

"저, 서당골 윤 초시댁에 가신다. 제삿상에라도 놓으시라

구······.”

“그럼 큰 놈으루 하나 가져가지. 저 얼룩수탉으루······.”

이 말에 아버지는 허허 웃고 나서,

“임마, 그래두 이게 실속이 있다.”

소년은 공연히 열쩍어*, 책보를 집어던지고는 외양간으로 가, 소 잔등을 한 번 철썩 갈겼다. 쇠파리라도 잡는 척.

개울물은 날로 여물어 갔다.

소년은 갈림길에서 아래쪽으로 가 보았다. 갈밭머리에서 바라보는 서당골마을은 쪽빛 하늘 아래 한결 가까워 보였다.

어른들의 말이, 내일 소녀네가 양평읍으로 이사간다는 것이었다. 거기 가서는 조그마한 가겟방을 보게 되리라는 것이었다.

소년은 저도 모르게 주머니 속 호두알을 만지작거리며, 한 손으로는 수없이 갈꽃을 휘어 꺾고 있었다.

그날 밤, 소년은 자리에 누워서도 같은 생각뿐이었다. 내일 소녀

---

* 열쩍다　‘열없다’의 잘못. 좀 겸연쩍고 부끄럽다.

네가 이사하는 걸 가 보나 어쩌나. 가면 소녀를 보게 될까 어떨까.

그러다가 까무룩 잠이 들었는가 하는데,

"허 참, 세상일두……."

마을 갔던 아버지가 언제 돌아왔는지,

"윤 초시댁두 말이 아니어. 그 많든 전답*을 다 팔아 버리구, 대대루 살아오든 집마저 남의 손에 넘기드니, 또 악상*꺼지 당하는 걸 보면……."

남폿불 밑에서 바느질감을 안고 있던 어머니가,

"증손이라곤 기집애 그애 하나뿐이었지요?"

"그렇지. 사내애 둘 있든 건 어려서 잃구……."

"어쩌믄 그렇게 자식복이 없을까."

"글쎄 말이지. 이번 앤 꽤 여러 날 앓는 걸 약두 변변히 못 써 봤다드군. 지금 같에서는 윤 초시네두 대가 끊긴 셈이지. ……그런데 참, 이번 기집애는 어린것이 여간 잔망스럽지가* 않어. 글쎄,

---

* 전답 田畓 논밭.
* 악상 惡喪 젊은 자식이 부모보다 먼저 죽는 일.

죽기 전에 이런 말을 했다지 않어? 자기가 죽거든 자기 입은 옷을

꼭 그대루 입혀서 묻어 달라구⋯⋯."

---

* 잔망스럽다 孱妄 나이에 비해서 하는 짓이 깜찍하고 맹랑한 데가 있다.

어느새 어두워지는 하늘에

별이 돋아났다가 눈물 괸 아이의 눈에 내려왔다.

별

동네 애들과 노는 아이를 한동네 과수* 노파가 보고, 같이 저자*
에라도 다녀오는 듯한 젊은 여인에게 무심코, 쟈 동복* 누이가 꼭
죽은 쟈 오마니 닮았디 왜, 한 말을 얼김에 듣자, 아이는 동무들과
놀던 것도 잊어버리고 일어섰다. 아이는 얼핏 누이의 얼굴을 생각

---

* 과수 寡守 홀어미. 남편을 잃고 혼자 지내는 여자.
* 저자 시장.
* 동복 同腹 한 어머니의 배에서 남. 또는 그런 관계의 사람.

해 내려 하였으나, 암만해도 떠오르지 않았다. 집으로 뛰면서 아이는 저도 모르게 오마니, 오마니, 수없이 외었다. 집뜰에서 이복동생을 업고 있는 누이를 발견하고 달려가 얼굴부터 들여다보았다. 너무나 엷은 입술이 지나치게 큰 데 비겨 눈은 짭짭하니 작고, 그 눈이 또 늘 몽롱히 흐려 있는 누이의 얼굴. 아홉 살 난 아이의 눈은 벌써 누이의 그런 얼굴 속에서 기억에는 없으나 마음속으로 그렇게 그려 오던 돌아간 어머니의 모습을 더듬으며 떨리는 속으로 찬찬히 누이를 바라보았다. 참으로 오마니는 이 누이의 얼굴과 같았을까. 그러자 제법 어른처럼 갓난 이복동생을 업고 있던 열한 살잡이 누이는 전에 없이 별나게 자기를 자세히 들여다보는 동복 남동생에게 마치 어머니다운 애정이 끓어오르기나 한 듯이 미소를 지어 보였을 때, 아이는 누이의 지나치게 큰 입 새로 드러난 검은 잇몸을 바라보며 누이에게서 돌아간 어머니의 그림자를 찾던 마음은 온전히 사라지고, 어머니가 누이처럼 미워서는 안 된다고 머리를 옆으로 저었다. 우리 오마니는 지금 눈앞에 있는 누이로서는 흉내도 못 내게스레 무척 이뻤으리라. 그냥 남동생이 귀엽다는 듯이 미소를 짓고 있는 누이에게 아이는 처음으로 눈을 흘기며 무

서운 상을 해 보였다. 미운 누이의 얼굴이 놀라 한층 밉게 찌그러질 만큼. 생각다 못해 종내* 아이는 누이가 꼭 어머니 같다고 한 동네 과수 노파를 찾아 자기 집에서 왼편 쪽으로 마주 난 골목 막다른 집으로 갔다. 마침 노파는 새로 지은 저고리 동정에 인두질을 하고 있었다. 늘 남에게 삯바느질을 시켜 말쑥한 옷만 입고 다녀 동네에서 이름난 과수 노파가 제 손으로 인두질을 하다니 웬일일까. 그러나 아이를 보자 과수 노파는 아이보다도 더 의아스러운 듯한 눈치를 하면서 인두를 화로에 꽂는다. 아이는 곧 노파에게, 아니 우리 오마니하구 우리 뉘*하구 같이 생겠단 말은 거짓말이디요? 했다. 노파는 더욱 수상하다는 듯이 아이를 바라보다가, 그러나 남의 일에는 흥미없다는 얼굴로, 왜 닮았디, 했다. 아이는 떨리는 입술로 다시, 아니 우리 오마니 입하구 뉘 입하구 다르게 생기디 않았이요? 하고 열심히 물었다. 노파는 이번에는 화로에 꽂았던 인두를 뽑아 자기 입술 가까이 갖다 대어 보고 나서, 반만큼

---

* 종내 終乃 끝내. 끝끝내.
* 뉘 누이.

세운 왼쪽 무릎 치마에 문대고는 일감을 잡으며 그

저, 그러구 보믄 다르든 것 같기두 하군, 했다. 아이는

인두질하는 과수 노파의 손 가까이로 다가서며 퍼뜩 과수 노파의

손이 나이보다는 젊고 고와 보인다는 생각을 하면서, 우리 오마니

닛몸은 우리 뉘 닛몸터럼 검디 않구 이뻤디요? 했다. 과수 노파는

아이가 가까이 다가와 어둡다는 듯이 갑자기 인두 든 손으로 아이

를 물러나라고 손짓하고 나서 한결같이 흥없이, 그래앤, 했다. 그

러나 아이만은 여기서 만족하여 과수 노파의 집을 나서 그 달음으

로 자기 집까지 뛰어오면서, 그러면 그렇지, 우리 오마니가 뉘처

럼 미워서야 될 말이냐고 속으로 수없이 되뇌었다. 안뜰에 들어서

자 누이가 안 보임을 다행으로 여기며 방 안으로 들어갔다. 그리

고 책상 앞으로 가 란도셀* 속에서 산수책을 꺼내다가 그 속의 인

형을 발견하고 주춤 손을 거두었다. 누이가 비단 색헝겊을 모아

만들어 준, 낭자*를 튼 예쁜 각시인형이었다. 그리고 아이가 언제

---

* 란도셀 가죽이나 헝겊으로 만든 일본식 초등학생용 책가방.
* 낭자 여자의 쪽 찐 머리 위에 덧대어 얹는 딴머리.

나 란도셀 속에 넣어 가지고 다니는 인형이었다. 과목은 요일을 따라 바뀌었으나 항상 란도셀 속에 이 인형만은 변함없이 들어 있었다. 아이는 인형을 꺼내 들었다. 그러나 지금 아이는 이 인형의 여태까지 그렇게 이쁘던 얼굴이 누이의 얼굴이나처럼 미워짐을 어쩔 수 없었다. 곧 아이는 인형을 내다 버려야 한다는 걸 느꼈다. 그걸 품에 품고 밖으로 나섰다. 저녁 그늘이 내린 과수 노파가 사는 골목을 얼마 들어가다 아이는 주위에 사람 없는 것을 살피고 나서 주머니에서 칼을 꺼냈다. 칼끝으로 땅을 파가지고 거기에다 품 속의 인형을 묻었다. 그리고는 그곳을 떠났다. 인형인가 누이인가 분간 못할 서로 얽힌 손들이 매달리는 것 같음을 아이는 느꼈다. 그러나 아이는 어머니와 다른 그 손들을 쉽사리 뿌리칠 수 있었다. 골목을 다 나온 곳에서 달구지를 벗은 당나귀가 아이의 아랫도리를 찼다. 아이는 굴러 나가 동그라졌다. 분하다. 일어난 아이는 당나귀 고삐를 쥐고 달구지채로 해서 당나귀 등에 올라탔다. 당나귀가 제 꼬리를 물려는 듯이 돌다가 날뛰기 시작했다. 아이는, 그럼 우리 오마니가 뉘터럼 생겼단 말이가? 뉘터럼 생겼단 말이가? 하고 당나귀가 알아나 듣는 것처럼 소리를 질렀다. 당나귀가 더 날뛰었다. 아이의, 뉘터럼 생겼단 말이가? 하는 소리가 더 커갔다. 그러다가 별안간 뒤에서 누이의, 데런! 하는 부르짖음 소리를 듣고 아이는 그만 당나귀 등에서 떨어지고 말았다. 땅에 떨어진 아이는 다리 하나를 약간 삔 채로 나자빠져 있었다. 누이가 분주히 달려왔다. 그러나 아이는 누이가 위에서 굽어보며 붙들어 일으키려는 것을 무지스럽게 손으로 뿌리치고는 혼자 벌떡 일어나, 삔 다리를 예사롭게 놀려 집으로 돌아왔다.

갓난 이복동생을 업어 주는 것이 학교 다녀온 뒤의 나날의 일과가 되어 있는 누이가, 하루는 아이의 거동에서 자기를 꺼리고 있다는 것을 눈치채고는 그런 동생을 기쁘게 해 주려는 듯이, 업은 애의 볼기짝을 돌려 대더니 꼬집기 시작했다. 물론 누이의 손은 힘껏 꼬집는 시늉만 했고, 그럴 적마다 그 작은 눈을 힘주는 듯이 끔쩍끔쩍하였지만, 결국은 애가 울지 않을 정도로 조심하면서 꼬집어 대는 것이었다. 사실 줄곧 누이에게만 애를 업히는 의붓어머니에게 슬그머니 불평 같은 것이 가고 누이에게는 동정이 가던 아이였다. 그러나 이날 아이는 자기를 기껍게나* 해 주려는 듯이 이복동생의 볼기짝을 힘껏 꼬집는 시늉을 하는 누이에게 재미있다는 생각이 일기는커녕 도리어 밉고, 실눈을 끔쩍일 적마다 흉하게만 여겨졌다. 아이는 문득 누이를 혼내어 줄 계교*가 생각났다. 그는 날렵하게 달려가 이복동생의 볼기짝을 진짜로 꼬집어 댔다. 그리고 업힌 애가 울음을 터뜨리는 걸 보고야 꼬집기를 멈추고 골목으로 뛰어가 숨었다. 이제 턱이 밭은 의붓어머니가 달려나와, 왜 애를 그렇게 갑자기 울리느냐고 누이를 꾸짖으리라. 아이는 골목에서 몰래 의붓어머니가 나오기만 기다렸다. 사실 곧 의붓어머니는 나왔다. 그리고 또 어김없이 누이를 내려다보면서, 앨 왜 그렇게 갑자기 울리니, 했다. 아이는 재미나 하는 장난스런 미소를 떠올렸다. 그러나 다음 순간, 아이는 누이의 대답이 어떨까 하는 생각이 들면서, 이번에는 저도 모르게 미소가 걷히고 귀가 기울여졌다. 그렇게 자기들에게 몹쓸게 굴지는 않는다고 생각되면서도 어딘가 어렵고 두렵게만 여겨지는 의붓어머니에게 겁난 누이가

* 기껍다 마음속으로 은근히 기쁘다.
* 계교 計巧 요리조리 헤아려 보고 생각해 낸 꾀.

그만 자기가 꼬집어서 운다고 바로 이르기나 하면 어쩌나. 그러나 누이는 의붓어머니가 어렵고 힘들고 두렵게 생각키우지도 않는지 대담스레 고개를 들고, 아마 내 등을 빨다가 울 젠 배가 고파 그런가 봐요, 하지 않는가. 아, 기묘한 거짓말을 잘 돌려 댄다. 그러나 지금 대담하게 의붓어머니에게 거짓말을 하여 자기를 감싸 주는 누이에게서 어머니의 애정 같은 것이 풍기어 오는 듯함을 느끼자, 아이는 우리 오마니가 뉘 같지는 않았다고 속으로 부르짖으며 숨었던 골목에서 나와 의붓어머니에게로 걸어갔다. 그리고는, 난 또 애 업구 어디 넘어디디나 않았나 했군, 하면서 누이의 등에서 어린애를 풀어 내고 있는 의붓어머니에게 아이도 이번에는 겁내지 않고, 이자 내가 애 엉뎅일 꼬집었이요, 했다.

아이는 옥수수를 좋아했다. 옥수수를 줄줄이 다음다음 뜯어먹는 게 참 재미있었다. 알이 배고 줄이 곧은 자루면 엄지손가락 쪽의 손바닥으로 되도록 여러 알을 한꺼번에 눌러 밀어 얼마나 많이 붙은 쌍둥이를 떼낼 수 있나 누이와 내기하기도 했었다. 물론 아이는 이 내기에서 누이한테 늘 졌다. 누이는 줄이 곧지 않은 옥수

수를 가지고도 꽤는 잘 여러 알 붙은 쌍둥이를 떼내곤 했다. 그렇게 떼낸 쌍둥이를 누이가 손바닥에 놓아 내밀어 아이는 맛있게 그걸 집어먹기도 했었다. 그러나 이날 아이는 누이가, 우리 누가 많이 쌍둥이를 만드나 내기할까? 하는 것을, 단박에 싫어! 해 버렸다. 누이는 혼자 아이로서는 엄두도 못 낼 긴 쌍둥이를 떼냈다. 아이는 일부러 줄이 곧게 생긴 옥수수자루인데도 쌍둥이를 떼내지 않고 알알이 뜯어먹고만 있었다. 누이는 금방 뜯어 낸 쌍둥이를 아이에게 내주었다. 그러나 아이는 거칠게, 싫어! 하고 머리를 도리질하고 말았다. 누이가 새로 더 긴 쌍둥이를 뜯어 내서는 다시 아이에게 내밀었다. 그러나 누이가 마치 어머니나처럼 굴 적마다 도리어 돌아간 어머니가 누이와 같지 않다는 생각으로 해서 더 누이에게 냉정할 수 있는 아이는, 내민 누이의 손을 쳐 쌍둥이를 떨궈 버리고 말았다. 그러던 어떤 날 저녁, 어둑어둑한 속에서 아이가 하늘의 별을 세며 별은 흡사 땅 위의 이슬과 같다고 생각하고 있는데, 누이가 조심스레 걸어오더니 어둑한 속에서도 분명한 옥수수 한 자루를 치마폭 밑에서 꺼내어 아이에게 쥐어 주었다. 그러나 아이는 그것을 먹어 볼 생각도 않고 그냥 뜨물항아리 있는

데로 가 그 속에 떨구듯 넣어 버렸다.

　아이는 또 땅바닥에 갖가지 지도 같은 금을 그으며 놀기를 잘
했다. 바다를 모르는 아이는 바다 아닌 대동강을 여러 개 그리고,
산으로는 모란봉을 몇 개고 그리곤 했다. 그러다가 동무가 있으면
땅따먹기도 했다. 상대편의 말을 맞히고 뼘을 재어 구름이 피어오
르는 듯한 땅과 무성한 나무 같은 땅을 만드는 게 재미있었다. 그
날도 아이는 옆집 애와 길가에서 땅따먹기를 하고 있었다. 옆집
애의 땅한테 아이의 땅이 거의 잠식당하고 있었다. 한쪽 금에 붙
어 꼭 반달처럼 생긴 땅과 거기에 붙은 한 뼘 남짓한 땅이 남았을
뿐이었다. 그것마저 옆집 애가 새로 말을 맞히고 한 뼘 재어 먹은
뒤에는 반달에 붙은 땅이 또 줄었다. 이번에는 아이가 칠 차례였
다. 옆집 애가 말을 놓았다. 그것은 아이의 반달땅 끝에서 한껏 먼
곳이었다. 그러나 아이는 기어코 반달 끝에다 자기의 말을 놓았
다. 옆집 애는 아이의 반달땅에 달린 다른 나머지 땅에서가 자기
의 말이 제일 가까운데 왜 하필 반달 끝에서 치려는지 이상히 여
기는 눈치였다. 사실 아이의 어디까지나 반달 끝에다 한 뼘 맘껏

둘러 재어 동그라미를 그어 놓았으면 얼마나 아름다울지 모르겠다는 계획을 옆집 애는 알 턱 없었다. 아이는 반달 끝에서 옆집 애의 말까지의 길을 닦았다. 이번에는 꼭 맞혀 이 반달 위에 무지개 같은 동그라미를 그어 놓으리라. 아이의 입은 꼭 다물어지고 눈은 빛났다. 뒤이어 아이는 옆집 애의 말을 겨누어 엄지손가락에 버텼던 장가락*을 퉁기었다. 그러나 아이의 장가락 손톱에 맞은 말은 옆집 애의 말에서 꽤 먼 거리를 두고 빗지나갔다. 옆집 애가 됐다는 듯이 곧 자기의 말을 집어 들며 아이가 아무리 먼 곳에 말을 놓더라도 대번에 맞혀 버리겠다는 득의의 미소를 떠올렸다. 그러면서 아이의 말 놓기를 기다리다가 흐려지지도 않은 경계선을 사금파리* 말을 세워 그었다. 아이의 반달 끝이 이지러지게 그어졌다. 아이가, 이건 왜 이르캐? 하고 고함쳤다. 옆집 애는 곧 다시 고쳐 금을 그었다. 옆집 애는 아이가 자기의 땅을 줄게 그어서 그러는 줄로 알았는지, 이번에는 반달의 등이 약간 살찌게 그어 놓았다.

---

* 장가락 '가운뎃손가락'의 방언.
* 사금파리 사기그릇의 깨어진 작은 조각.

아이는 그래도, 것두 아냐! 했다. 그러는데 어느새 왔었는지 누이가 등뒤에서 옆집 애의 말을 빼앗아서는 동생을 도와 반달의 배가 부르게 긋기 시작했다. 그러나 아이는 누이가 채 다 긋기도 전에 손바닥으로 막 지워 버리면서, 이건 더 아냐! 이건 더 아냐! 하고 소리질렀다.

 하루는 아이가 뜰안에서 혼자 땅바닥에다 지도 같은 금을 그으며 놀고 있는데, 바깥에서 누이가 뒷집 계집애와 싸우는 소리가 들려, 마침 안의 어른들이 듣지 못하고 있는 것을 다행으로 생각하며 열린 대문 새로 내다보았다. 아이가 늘 이쁘다고 생각해 오던 뒷집 계집애의 내민 역시 이쁜 얼굴에서, 그래 안 맞았단 말이가? 하는 말소리가 빠른 속도로 계속되는 대로, 또 누이의 내민 밉게 찌그러진 얼굴에서는, 안 맞디 않구, 하는 소리가 같은 속도로 계속되고 있었다. 땅따먹기를 하다가 말이 맞았거니 안 맞았거니 해서 난 싸움이 분명했다. 어느 편이 하나 물러나는 법 없이 점점 더 다가들면서 내민 입으로 자기의 말소리를 좀더 이악스레* 빠르게

들 하고 있는데, 저쪽에서 뒷집 계집애의 남동생이 달려오더니 다짜고짜로 누이에게 흙을 움켜 뿌리는 것이 아닌가. 그러자 뒷집 계집애의 이쁜 얼굴이 더 내밀어지며, 그래 안 맞았단 말이가? 하는 소리가 더 날카롭고 빠르게 계속되는 한편, 누이는 먼저 한 걸음 물러나며, 안 맞디 않구, 하는 소리도 떠져* 갔다. 뒷집 계집애의 남동생이 또 흙을 움켜 뿌렸다. 뒷집 계집애의 남동생이 흙을 움켜 뿌릴 적마다 이쪽 누이는 흠칫흠칫 물러나며 말소리가 줄고, 뒷집 계집애의 말소리는 더욱 잦아 갔다. 그러자 아이는 저도 깨닫지 못하고 대문을 나서 그리로 걸어 갔다. 아이를 보자 뒷집 계집애의 남동생이 우선 흙 뿌리기를 멈추고, 다음에 뒷집 계집애가 다가오기를 멈추고, 다음에 계집애의 말소리가 늦추어지고, 다음에 누이가 뒷걸음치던 걸음을 멈추었다. 그리고 누이는 뒷집 계집애의 남동생처럼 자기의 남동생도 역성을 들러 오는 것으로만 안 모양이어서 차차 기운을 내어 다가나서며, 안 맞디 않구, 안 맞디

---

* 이악스럽다 달라붙는 기세가 굳세고 끈덕지다.
* 떠지다 속도가 더디어지다.

않구, 하는 소리를 점점 빠르게 회복하고 있었다. 거기 따라 뒷집 계집애는 도로 물러나며 점차, 그래 안 맞았단 말이가? 하는 소리를 늦추고 있고, 뒷집 계집애의 남동생도 한 옆으로 아이를 피하고 있었다. 그러나 아이는 싸움터로 가까이 가자 누이의 흥분된 얼굴이 전에 없이 더 흉하게 느껴지면서, 어디 어머니가 저래서야 될 말이냐는 생각에, 냉연하게* 그곳을 지나쳐 버리고 말았다. 그리고 등뒤로 도로 빨라 가는 뒷집 계집애의 말소리와 급작스레 떠가는 누이의 말소리를 들으면서 아이는 누이보다 이쁜 뒷집 계집애가 싸움에 이기는 게 옳다고 생각하며 저만큼 골목 어귀에서 여물을 먹고 있는 당나귀에게로 걸어 갔다.

열네 살의 소년이 된 아이는 뒷집 계집애보다 더 이쁜 소녀와 알게 되었다. 검고 맑고 깊은 눈하며, 깨끗하고 건강한 볼, 그리고 약간 노란 듯한 머리카락에서 풍기는 숫한* 향기. 아이는 소녀와

---

* 냉연하다 冷然 (태도 등이) 쌀쌀하다.
* 숫하다 순박하고 어수룩하다.

함께 있으면서 그 맑은 눈과 건강한 볼과 머리카락 향기에 온전히 홀린 마음으로 그네를 바라보기만 하면 그만이었다. 그러나 소녀 편에서는 차차 말없이 자기를 쳐다보기만 하는 아이에게 마음 한 구석으로 어떤 부족감을 느끼는 듯했다. 하루는, 아이와 소녀는 모란봉 뒤 한 언덕에 대동강을 등지고 나란히 앉아 있었다. 언덕 앞 연보랏빛 하늘에는 희고 산뜻한 구름이 빛나며 떠가고 있었다. 아이가 구름에 주었던 눈을 소녀에게로 돌렸다. 그리고는 소녀의 얼굴을 언제까지나 들여다보기 시작했다. 소녀의 맑은 눈에도 연보랏빛 하늘이 가득 차 있었다. 이제 구름도 피어나리라. 그러나 이때 소녀는 또 자기만 말끄러미 바라보고 있는 아이에게 느껴지는 어떤 부족감을 못 참겠다는 듯한 기색을 떠올렸는가 하면, 아이의 어깨를 끌어당기면서 어느새 자기의 입술을 아이의 입에다 갖다 대고 비비었다. 아이는 저도 모르게 피하는 자세를 취하였으나 서로 입술을 비비고 난 뒤에야 소녀에게서 물러났다. 벌떡 일어났다. 그리고 아이는, 거친 숨을 쉬면서 상기돼 있는 소녀를 내려다보았다. 이미 소녀는 아이에게 결코 아름다운 소녀는 아니었다. 얼마나 추잡스러운 눈인가. 이 소녀도 어머니가 아니라는 생

각이 불현듯 떠올랐다. 아이는 소녀에게서 돌아섰다. 소녀는 실
망과 멸시로 차 있는 아이의 기색을 느끼며 아이를 붙들려 했으나
아이는 쉽게 그네를 뿌리치고 무성한 여름의 언덕길을 뛰어내릴
수 있었다.

하늘에 별이 별나게 많은 첫가을 밤이었다. 아이는
전에 땅 위의 이슬같이만 느껴지던 별이 오늘 밤엔 그
어느 하나가 꼭 어머니일 것 같은 생각이 들어, 수많은 별을 뒤지
고 있었다. 그러나 아이는 곧 안에서 누구를 꾸짖는 듯한 아버지
의 음성에 정신을 깨치고 말았다. 아이는 다시 하늘로 눈을 부었
으나* 다시는 어느 별 하나가 어머니라는 환상을 붙들 수는 없었
다. 아쉬웠다. 다시 아버지의 누구를 꾸짖는 듯한 음성이 들려 나
왔다. 아이는 아쉬운 마음으로 아버지의 음성이 들려 오는 창 가
까이로 갔다. 안에서는 아버지가, 두 번 다시 그런 눈치만 뵀단 봐
라, 죽여 없애구 말 테니, 꼭대기 피두 안 마른 년이 누굴 망신시

---

* 붓다 시선을 한곳에 모으면서 바라보다.

킬려구, 하는 품이 누이 때문에 여간 노한 게 아닌 것 같았다. 좀
한* 일에는 노하는 일이 없는 아버지가 이렇도록 노함에는 심상
치 않은 일이 일어났음에 틀림없었다. 의붓어머니의 조심스런 음
성으로, 좌우간 그편 집안을 알아보시구례, 하는 말이 들려 나왔
다. 이어서 여전히 아버지의, 알아보긴 쥐뿔을 알아봐! 하는 노기
찬 음성이 뒤따랐다. 이번엔 누이의 나직이 떨리는 음성이 한 번,
동무의 오래비야요, 했다. 이젠 학교두 그만둬라, 하는 아버지의
고함에, 누이 아닌 아이가 등골이 서늘해짐을 느꼈다. 그러면서
얼마 전에 누이가 호리호리한 키에 흰 얼굴을 한 청년과 과수 노
파가 살고 있는 골목 안에 마주 서 있는 것을 본 일이 생각났다.
그때 누이는 청년이 한 반 동무의 오빠인데 심부름을 왔었다고 변
명하듯 말했고, 아이는 아이대로 그저 모른 체하고 있었으나, 속
으로는 누이 같은 여자와 좋아하는 청년의 마음을 정말 모르겠다
고 생각했었다. 그 청년과 누이가 만나는 것을 집안에서도 알았음
에 틀림없었다. 지금 안에서 의붓어머니의 낮으나 힘이 든 음성으

----

* 좀한 어지간하고 웬만한.

61
별

로, 애 넌 또 웬 성냥 장난이가! 하는 것만은 이제는 유치원에 다니게 된 이복동생을 꾸짖는 소리리라. 요사이 차차 의붓어머니가 어렵고 두렵기만 한 게 아니고 진정으로 자기네를 골고루 위해 주고 있다는 것을 깨닫게 된 아이는, 동복인 누이의 일로 의붓어머니를 걱정시키는 것이 아버지에게보다 더 안됐다고 생각됐다. 다시 의붓어머니의 조심성 있고 은근한 음성으로, 너두 생각이 있겄디만 이제 네게 잘못이라두 생기믄 땅 속에 있는 너의 어머니한테 어떻게 내가 낯을 들겠니, 자 이젠 네 방으로 건너가그라, 함에 아이는 이번에는 의붓어머니의 애정에 얼굴이 달아오르면서, 정말 누이가 돌아가신 어머니까지 들추어 내게 하는 일을 저질렀다가는 용서 않는다고 절로 주먹이 쥐어졌다. 어디서 스며오듯 누이의 흐느끼는 소리가 들려 왔다. 두 번 다시 그런 일만 있었단 봐라, 초매*루 묶어서 강물에 집어넣구 말디 않나, 하는 아버지의 약간 노염은 풀렸으나 아직 엄한 음성에, 아이는 이번에는 또 밤바람과 함께 온몸을 한번 부르르 떨었다.

---

* 초매 '치마'의 방언.

꽤 쌀쌀한 어떤 날 밤이었다. 의붓어머니가 아버지에게 애걸하다시피 하여 학교만은 그냥 다니게 된 누이보고 아이가, 우리 산보 가, 했다. 누이는 먼저 뜻하지 않았던 일에 놀란 듯 흐린 눈을 크게 떠 보이고 나서 곧 아이를 따라나섰다. 밖은 조각달이 달려 있었다. 그리고 수많은 별들이 빛나고 있었다. 싸늘한 바람이 불어왔다. 바람이 불어올 적마다 별들은 빛난다기보다 떨고 있는 것만 같았다. 아이는 앞서 대동강 쪽으로 난 길을 접어들었다. 누이는 그저 아이를 따랐다. 어둑한 속에서도 이제 누이를 놀래어 주리라는 계교 때문에 아이의 얼굴은 미소가 떠올라 있었다. 강둑을 거슬러 오르니까 더 써느러웠다. 전에 없이 남동생이 자기를 밖으로 이끌어 낸 것을 의아하게 여기는 눈치로, 그러나 즐거운 듯이 누이가 아이에게, 춥디 않니? 했다. 아이는 거칠게 머리를 옆으로 저었다. 젓고 나서 어둠으로 해서 누이가 자기의 머리 저음을 분간치 못했으리라고 깨달았으나 아이는 그냥 잠자코 말았다. 누이가 돌연 혼잣말처럼, 사실 나 혼자였다믄 벌써 죽고 말았어, 죽구 말디 않구, 살믄 멀하노……. 그래두 네가 있어 그렇디, 둘이 있다 하나가 죽으믄 남는 게 더 불쌍할 것 같애서…… 난 정말 그래,

하며 바람 때문인지 약간 느끼는* 듯했다. 아이는 혹시 집에서 누이의 연애사건을 알게 된 것이 자기가 아버지나 의붓어머니에게 고자질한 것으로 잘못 알고 있지나 않나 하는 생각이 들자, 누이를 쓸어안고 변명이나 할 듯이 홱 돌아섰다. 누이도 섰다. 그러나 아이는 계획해 온 일을 실현할 좋은 계기를 바로 붙잡았음을 기뻐하며 누이에게, 초매 벗어라! 하고 고함을 치고 말았다. 뜻밖에 당하는 일로 잠시 어쩔 줄 모르고 섰다가 겨우 깨달은 듯이 누이는 어둠 속에서 조용히 저고리를 벗고 어깨치마를 머리 위로 벗어냈다. 아이가 치마를 빼앗아 땅에 길게 폈다. 그리고 아이는 아버지처럼 엄하게, 가루 뉘라! 했다. 누이는 또 곧 순순히 하라는 대로 했다. 그러나 아이는 치마로 누이를 묶어 강물에 집어넣는 차례에 이르러서는, 자기의 하는 일이면 누이가 죽는 한이 있더라도 아무 항거 없이 도리어 어머니다운 애정으로 따라 할 것만 같은 생각이 들며, 누이가 돌아간 어머니와 같은 애정을 베풀어서는 안 된다고, 치마 위에 이미 죽은 듯이 누워 있는 누이를 그대로 남겨

---

* 느끼다 서럽게 울다.

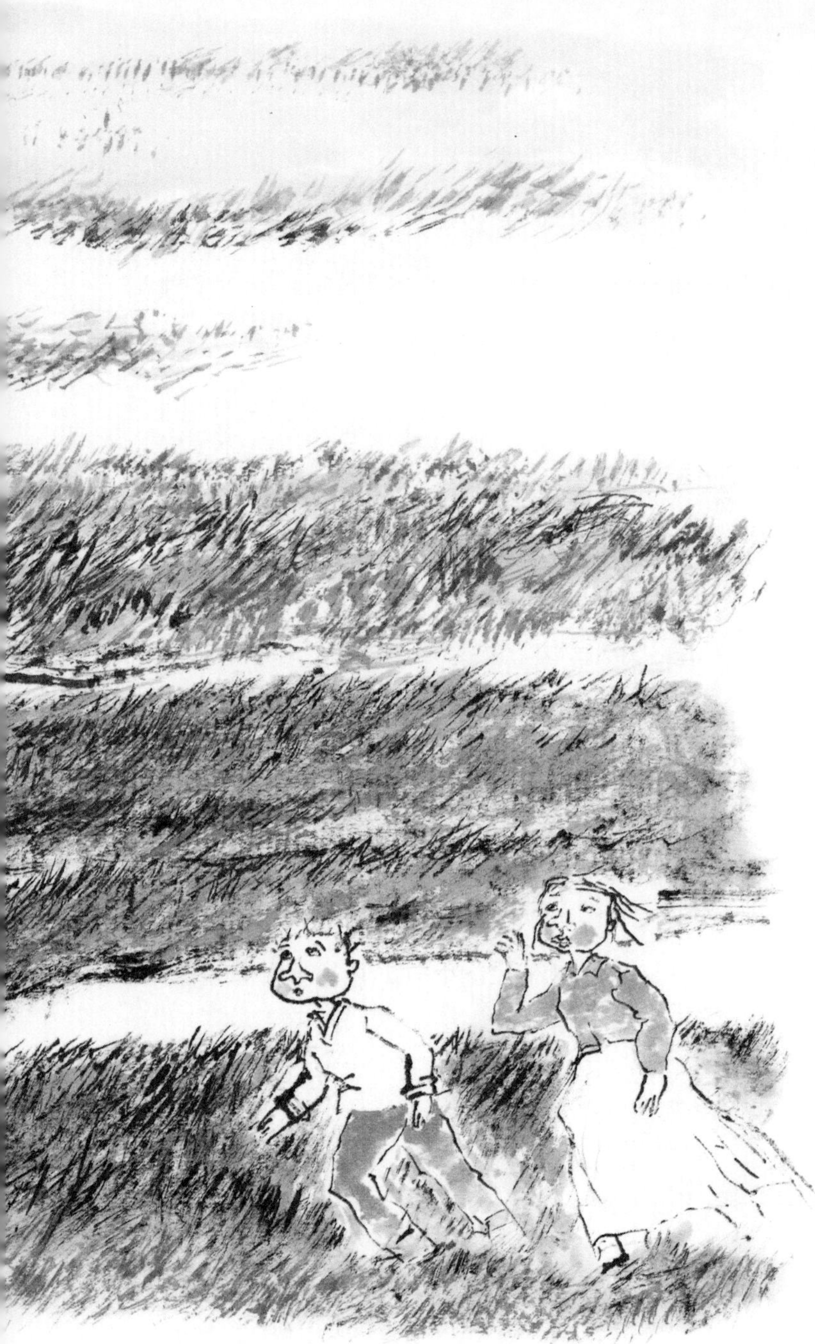

둔 채 돌아서 그곳을 떠나고 말았다.

누이는 시내 어떤 실업가의 막내아들이라는 작달막한 키에 얼굴이 검푸른, 누이의 한 반 동무의 오빠라는 청년과는 비슷하지도 안 한 남자와 아무 불평 없이 혼약을 맺었다. 그리고 나서 얼마 안 되어 결혼하는 날, 누이는 가마 앞에서 의붓어머니의 팔을 붙잡고 는 무던히도* 슬프게 울었다. 아이는 골목에 몸을 숨기고 있었다. 누이는 동네 아낙네들이 떼어 놓는 대로 가마에 오르기 전에 젖은 얼굴을 들었다. 자기를 찾고 있음에 틀림없다고 생각하면서도, 아이는 그냥 몸을 숨기고 있었다. 그리고 누이가 시집간 지 얼마 안 되는 어느 날, 별나게 빨간 놀이 진 늦저녁 때 아이네는 누이의 부고*를 받았다. 아이는 언뜻 누이의 얼굴을 생각해 내려 하였으나 도무지 떠오르지가 않았다. 슬프지도 않았다. 그러다가 아이 는 지난날 누이가 자기에게 만들어 주었던, 뒤에 과수 노파가 사

---

* 무던하다 정도가 어지간하다.
* 부고 訃告 사람의 죽음을 알림. 또는 그런 글.

는 골목 안에 묻어 버린 인형의 얼굴이 떠오를 듯함을 느꼈다. 아이는 골목으로 뛰어갔다. 거기서 아이는 인형 묻었던 자리라고 생각키우는 곳을 손으로 팠다. 흙이 단단했다. 손가락을 세워 힘껏 힘껏 파 댔다. 없었다. 짐작되는 곳을 또 파 보았으나 없었다. 벌써 썩어 흙과 분간치 못하게 된 지가 오래리라. 도로 골목을 나오는데 전처럼 당나귀가 매어 있는 게 눈에 띄었다. 그러나 전처럼 당나귀가 아이를 차지는 않았다. 아이는 달구지채에 올라서지도 않고 전보다 쉽사리 당나귀 등에 올라탔다. 당나귀가 전처럼 제 꼬리를 물려는 듯이 돌다가 날뛰기 시작했다. 그리고 아이는 당나귀에게나처럼, 우리 널 왜 쥑엔! 왜 쥑엔! 하고 소리질렀다. 당나귀가 더 날뛰었다. 당나귀가 더 날뛸수록 아이의, 왜 쥑엔! 왜 쥑엔! 하는 지름소리가 더 커 갔다. 그러다가 아이는 문득 골목 밖에서 누이의, 데련! 하는 부르짖음을 들은 거로 착각하면서, 부러 당나귀 등에서 떨어져 굴렀다. 이번에는 어느 쪽 다리도 삐지 않았다. 그러나 아이의 눈에는 그제야 눈물이 괴었다. 어느새 어두워지는 하늘에 별이 돋아났다가 눈물 괸 아이의 눈에 내려왔다. 아이는 지금 자기의 오른쪽 눈에 내려온 별이 돌아간 어머니라고

느끼면서, 그럼 왼쪽 눈에 내려온 별은 죽은 누이가 아니냐는 생각에 미치자 아무래도 누이는 어머니와 같은 아름다운 별이 되어서는 안 된다고 머리를 옆으로 저으며 눈을 감아 눈 속의 별을 내몰았다.

아이는 눈을 감으면 함박눈으로 쏟아지는 눈 때문에
아버지가 어디 있는지 분명치가 않다. 졸린다. 자서는 안 된다.
눈발 속에 분명치가 않은 아버지를 찾다가, 아버지가
눈발 속에 가리워지고 말면서, 아이는 종내 잠이 들고 만다.

산골아이

도토리

곰이란 놈은 가으내 도토리를 잔뜩 주워먹고 나무에 올라가 떨어져 보아서 아프지 않아야 제 굴을 찾아들어가 발바닥을 핥으며 한겨울을 난다고 하지만, 가난한 산골사람들도 도토리밥으로 연명을 해 가면서 일간* 가득히 볏짚을 흐트러뜨려 놓고는, 새끼를 꼰다, 짚세기*를 삼는다, 섬피*를 엮는다 하며 한겨울을 난다.

---

* 일간 日間 아침부터 저녁까지. 하루 동안.

산골사람들이 어쩌다 기껏 즐긴대야 정말 곰만이 다니는 산골 길을 넘어서 주막을 찾아가는 일이다. 안주는 도토리묵이면 그만 이다. 그러나 눈 같은 것이라도 만나면 거기서 며칠이고 묵는 수 밖에 없다. 옷을 입은 채 뒹굴면서. 그러노라면 안주로 주머니 속 에 넣고 온 마늘이 체온에 파랗게 움이 트기도 한다. 그러다가도 집으로 돌아오는 길은 아직 숫눈길*이어서 곰의 발자국 같은 발 자국을 내면서 돌아온다.

진정 이런 가난한 산골에서는 눈이 내린 밤 도토리를 실에다 꿰어 눈 속에 묻었다 먹는 게 애의 한 큰 군음식*이었다. 그리고 실꿰미에서 한 알 두 알 빼 먹으며 할머니한테서 듣고도 남은 옛 이야기를 다시 되풀이 듣는 게 상재미다.

"할만, 말 한마디 하려마."

하고 조를라치면 할머니는 으레,

---

* 짚세기 '짚신'의 북한어.
* 섬피 곡식을 담기 위하여 짚으로 엮어 만든 그릇의 겉껍질.
* 숫눈길 아직 아무도 지나가지 않은 눈길.
* 군음식 끼니 이외에 필요 밖으로 먹는 음식.

"얘, 이젠 그만 자라. 너무 오래 앉아 있다가 포대기에 오줌 쌀라."

한다.

"싫어. 넷말 한마디 해 주어야디 머."

"넷말 너무 질레^{좋아} 하믄 궁하단다."

"싫어. 그 여우 넷말 한마디 해 주어야디 머."

그러면 할머니는 그 몇 번이고 한 옛이야기를 되풀이하는 게 싫지 않은 듯이 겯고* 있는 실꾸리를 들여다보면서,

"왜 여우고개라구 있디 않니?"

하고 이야기를 꺼낸다.

그러면 또 애는 언제나같이,

"응, 있어."

하고 턱을 치켜들고 다가앉는다.

"거긴 말이야, 넷날부터 여우가 많아서 여우고개라구 한단다. 바루 이 여우고개 너믄 마을에 한 총각애가 살았구나. 이 총각애

---

* 겯다 실꾸리를 만들기 위해서 실을 어긋맞게 감다.

가 이 여우고개 너머 서당엘 다녔는데 아주 총명해서 글두 썩 잘

하는 애구나. 그른데 하루는 이 총각애가 전터럼 여우고갤 넘는

데, 데쪽_{저쪽}에서 꽃 같은 색시가 하나 나오드니 총각애의 귀를 잡

구 입을 맞촸구나. 그르드니 꽃 같은 색시가 제 입에 물었든 알록

달록한 고운 구슬알을 총각애 입에다 넣어 주었닥_{주었다가} 총각애

입에서 도루 제 입으루 옮게 물었닥_{물었다가} 했구나. 총각애는 색시

가 너무나 고운 데 그만 홀레서 색시가 하는 대루만 했구나. 이르

케 구슬알 옮게 물리길 열두 번이나 하드니야 꽃 같은 색시가 아

무 말 없이 아까 온 데루 가버랬구나. 저녁 때 서당에서 집으루 돌

아올 때두 꽃 같은 색시는 아츰터럼 나와 총각애 입을 맞추구 구

슬알 옮게 물리길 열두 번이나 하드니야 아츰터럼 온 데루 가버랬

구나. 이르케 날마다 총각애가 서당에 가구 올 적마다 꽃 같은 색

시가 나와 입맞촸구나. 그른데 날이 갈수록 총각앤 몸이 축해* 가

구, 글공부도 못해만 갔구나. 그래 하루는 훈당이 총각애보구 왜

요샌 글두 잘 못 외구 얼굴이 상해만 가느냐구 물었구나. 그랬드

---

* 축하다 생기를 점점 잃어가다.

니 총각앤 그저 요샌 집에서 농사일루 분주해서 저낙_{저녁}에 소 멕이구 꼴 베구 하느라구 그렇디, 몸만은 아무 데두 아픈 데가 없다구 그랬구나. 그래두 총각앤 나날이 더 얼굴이 못돼만 갔구나. 그래 어느 날 훈당이 몰래 총각애의 뒤를 좇아가* 봤구나……."

여기서 할머니는 엉킨 실을 입으로 뜯고 손끝으로 고르느라고 이야기를 끊는다.

애는 이내,

"그래서? 응?"

하고 재촉이다.

"그래 숨어서 꽃 같은 색시가 총각애 입에다 입맞추구 구슬알을 열두 번씩이나 물레_{물려} 주는 걸 봤구나. 그래 다음날 훈당은 총각앨 불러서 꽃 같은 색시가 구슬알을 물레 주거들랑 그저 꿀꺽 생케 버리라구 닐렀구나. 그리구 만일 구슬알을 생키디 않구 꽃 같은 색시가 하라는 대루만 하다간 이제 죽구 만다구 그랬구나. 이 말을 듣구 총각앤 훈당이 하라는 대루 하갔다구 했구나. 그른

---

* 좇다 여기서는 '쫓다'의 옛말로 쓰임.

데 그날두 훈당이 몰래 뒤따라가 봤드니 총각앤 구슬알을 못 생켔 구나."

이때 아이가,

"생켔으믄 돟을껄 잉?"

한다.

"그럼, 그래 총각앤 자꾸만 말 못하게 축해 갔구나. 그래 훈당 이 보다 못해 오늘 구슬알을 생키디 않으믄 정 죽구 만다구 했구 나. 그리구 꽃 같은 색시가 구슬알을 물레 주거들랑 그저 눈을 딱 감구 생케 버리라구까지 닐러 주었구나. 그날두 총각애가 여우고 개 마루턱에 니르니낀, 이건 또 나날이 고와만 가는 꽃 같은 색시 가 언제나터럼 나오드니, 총각애의 귀를 잡구 입을 맞추구 구슬알 을 물레 주었구나. 총각앤 정말 눈을 딱 감으믄서 구슬알을 생케 버렜구나. 그랬드니 지금껏 꽃같이 곱든 색시가 베란간^{별안간} 큰 여우루 벤해 개지구 그 자리에 죽어 넘어뎄구나. 총각애가 눈을 떠보니낀 눈앞에 꽃 같은 색시는 간데없구 큰 여우 한 마리가 꼬 리를 내뻗티구 죽어 넘어데 있디 않갔니? 그만 너무 무서워서 그 자리에 까무러티구 말았구나. 그날두 훈당이 몰래 뒤따라갔다가 총각앨 업구 왔구나."

예서 애는 또 언제나처럼,

"그래 그 총각앤 어떻게 됐나?"

한다.

할머니는 정한_{조용한} 말로,

"사흘만 더 있었으믄 죽구 말껄 훈당 때문에 살았디. 그래 그
뒤부턴 훈당 말 잘 듣구 공부 잘해가지고 과거급데했대더라."

"그리구 여우새낀?"

"거야 가죽을 벳게서 돈 많이 받구 팔았디."

"지금두 여우가 고운 색시 되나?"

"다 옛말이라서 그렇단다."

여기서 애는 나무하러 가는 아버지를 따라가 내려다본 아슬아
슬한 여우고개의 가파른 낭떠러지를 눈앞에 떠올리며, 사실 그런
곳에서는 지금도 여우한테 홀릴지도 모른다는 생각을 해 본다.

할머니가 그냥 실꾸리를 겯으며,

"이제 자라, 애."

한다.

그제야 이 가난한 산골애는 도토리꿰미를 들고 이불 속 깊이 들어간다. 곰 새끼처럼. 거기서 애는 이불을 쓰고, 자기만은 그런 옛말을 다 알고 있으니까 어떤 꽃 같은 색시가 나와도 홀리지 않으리라는 생각을 하며, 도토리를 먹으며 하다가 그만 잠이 든다.

그런데 꿈 속에서 애는 꽃 같은 색시가 물려 주는 구슬을 삼키지 못한다. 살펴보니 아슬아슬한 여우고개 낭떠러지 위다. 그러니까 꽃 같은 색시는 여우가 분명하다. 할머니가 그건 다 옛이야기가 돼서 그렇다고 했지만 이게 분명히 여우임에 틀림없다. 그래 구슬알을 아무리 삼켜 버리려 해도 안 넘어간다. 이러다가는 여우한테 홀리겠다. 그러면서도 색시가 너무 고운 데 그만 홀려 하라는 대로만 하지 구슬을 못 삼킨다. 이러다가는 정말 큰일나겠다. 어떻게 하면 좋은가. 옳지, 눈을 딱 감고 삼켜 보자. 눈을 딱 감는데 발 밑이 무너져 낭떠러지 위에서 떨어지면서 깜짝 놀라 잠이 깬다. 입에 도토리알을 물고 있다. 애는 무서운 꿈이나 뱉어 버리듯이 도토리알을 뱉어 버린다. 그러나 다음날 아침이면 이 가난한 산골애는 다시 도토리를 먹는다.

크는 아이

눈이 오련다. 꼭 오늘 밤 안으로 첫눈이 올 것만 같다. 이제 바람만 자면* 곧 눈이 내리리라. 정말 함박눈이 펑펑 쏟아졌으면 좋겠다.

산골아이는 화로에서 도토리를 새로 꺼내면서, 이제 눈이 내려 눈 속에 도토리를 묻었다 먹으면 덜 아리고 덜 떫으리라는 생각을 한다. 그러자 아이는 지난해 눈싸움을 하다가 증손이한테 면상을 맞고 운 부끄러움이 생각난다. 아찔하여 얼굴을 돌린 것까지는 괜찮았으나 발 아래 흰 눈을 붉게 물들이는 게 제 코피인 것을 알자 그만 으아 하고 울어 버린 게 안됐다. 올해는 아무리 면상을 맞아 코피를 흘린 대도 울지 않으리라. 아니 올해는 이편에서 증손이를 맞혀 울려 주리라. 어서 눈이 왔으면 좋겠다.

그새 바람이 좀 잔 듯하다. 혹 그새 눈이 내리기 시작했는지도 모른다고 아이는 문을 열어 본다. 그러자 잔 듯하던 바깥 어둠 속

---
* 자다 바람이나 물결 따위가 잠잠해지다.

에서 기다리고나 있었던 것처럼 된바람이 몰려든다.

"문은 멀 할라구 벌컥하믄 여니?"

하고 어머니가 꾸짖듯 말하고 다림질감에 떨어진 재를 훅훅 불어

낸다.

아이는 문을 닫으면서 혼잣말로,

"아직 눈은 안 오눈."

한다.

"개처럼 눈 오는 건 멀."

어머니의 말에, 다림질을 잡아주던 귀가 어두운 할머니가 눈이

라는 말만을 알아들은 듯,

"눈 오니?"

하고 흐린 눈으로 문 쪽을 바라본다.

"아니."

하고 아이는 할머니가 알아듣도록 크게 대답한다.

"너이 아바진디는 왜 상게* 안 오니. 또 당장에서 술추념*을 하

는 게다."

하는 할머니의 역정 섞인 걱정에, 아이는 참말 눈이 내리기 전에

아버지가 돌아와야 할 걸 느낀다.

참 아버지는 여태 왜 안 돌아오는지 모르겠다. 몇 죽* 안 되는 짚세기를 여태 못 팔 리는 없다. 혹 장꾼에게 한 켤레 한 켤레 못 팔겠으면 그 큰 돼지를 그려 붙인 돼지표 집에다 좀 싸게라도 밀어 맡기고 오면 그만일 터인데. 할머니 말대로 장거리에서 누구를 만나 술추렴을 하느라고 늦어지는가 보다. 그렇지 않아도 겨울만 되면 허리가 결리는 아버지가 오늘 같은 날 늦어지면 어쩌나. 벌써 몇 해 전 겨울 일이다. 타작마당에서 여느 때처럼 조 한 섬을 쉽게 져 달구지에 올려놓다가 그만 발 밑 얼음판에 미끄러져 좃섬에 깔린 일이 있은 후부터 겨울철만 접어들면 허릿증이 도지곤 하는 아버지. 그리고 또 해마다 술이 늘어가는 아버지. 좌우간 여느 때는 아무렇더라도 오늘같이 눈이 온다든지 할 날은 일찍 돌아와

---

* 상게 '아직, 여태'의 방언.
* 술추념 술추렴. 차례로 돌아가며 술을 내어 먹음.
* 죽 옷이나 그릇 따위의 열 벌을 묶어 세는 단위.

줬으면 좋겠다.

밖은 아직 이따금 바람이 휘익 몰려와 수수깡 바자*를 울린다.

"얘, 등잔 심지 좀 돋과라, 어둡다."

하고 할머니가 흐린 눈을 들어 등잔불을 바라본다.

아이는 북어알에선가 북어 이리*에서 짜낸다는 앳기름이 떨어져 못 먹는 뒤로 할머니의 눈이 더 어두워져서 그렇지, 등잔 심지가 낮아 그렇지 않다고 생각하면서도 등잔가로 가 심지를 조금 돋우는 체한다. 그래도 한결 밝아진다. 그리고 밝으니까 한결 아버지에 대한 걱정이 놓이는 것 같아 좋다.

"얘, 심질 좀 더 돋과라."

하고 할머니가 이번에는 다림질감만 들여다보며 말한다.

아이는 또 이번에는 심지를 한껏 돋운다.

"얘, 웬 심질 그르케 돋구니?"

하고 어머니가 꾸짖는다.

---

* 바자 대, 갈대, 수수깡 따위를 발처럼 엮거나 걸어서 만드는 물건. 울타리.
* 이리 물고기 수컷의 배 속에 있는 흰 정액 덩어리.

아이는 등잔의 심지를 낮춘다.

"너이 아바진디는 정말 왜 상게 안 오는디 모르갔다."

하는 할머니 말에 이어서 어머니가 아이 쪽을 한번 돌아보며,

"넌 또 웬 도토릴 그르케 먹니? 어서 자기나 해라."

한다.

가난한 산골아이는 화로에서 도토리를 골라내며 검게 그을은 얼굴을 붉혀가지고 이불 속으로 들어간다. 그러나 아버지가 돌아오기까지 자지 않으리라. 그러나 아이는 왜 아직 아버지가 안 돌아오는지 모르겠다는 할머니도, 언제든지 할머니 앞에서는 아버지의 말을 하지 않는 어머니도, 자기처럼은 아버지 걱정을 않는 것 같아 못마땅하다.

별로 도토리 맛도 없다. 등잔불이 아까보다 더 어두운 것 같은 데에 또 마음이 쓰인다. 이렇게 등잔불이 어둡고, 또 이렇게 따스운 이불 속에서 잠이 쉬 들 것 같아 안됐다.

아이는 어머니보다도 할머니에게 묻듯이,

"해 있어 당에서 떠났으믄 지금 어디쯤 왔을까?"

했으나 할머니는 못 들은 듯 잡은 다림질감만 들여다본다.

88
다시 읽는 황순원

다시 더 큰 소리로 물을까 하
는데 할머니가,
　　"산막골에나 왔을까."
한다.
　　산막골이라면 아직 여기서
한 오 리 가까이 된다.
　　"너이 아바진디는 해 있어 댕기디 않구 원."
하고 할머니가 역시 역정 섞인 걱정을 한다.
　　산막골이라는 데가 예서 장까지 가는 사이 제일 험한 곳이다.
늘 범이 떠나지 않는다는 소나무와 잡목이 우거진 골짜기. 아이는
한동네 반수* 할아버지의 일이 떠오른다.
　　반수 할아버지가 젊었을 때인데, 양주*가 산막골 근처에 밭김
을 메러 갔었다. 단 양주에 갓난아기 하나뿐이라, 애는 밭둑에 재
워 놓고 김을 매 나갔다. 낮이 가까웠을 때, 애가 배가 고픈지 깨

---

* 반수　나이가 제일 많은 사람.
* 양주　兩主　바깥주인과 안주인이라는 뜻으로, '부부'를 이르는 말.

어 울어 댔다. 양주는 이제 매던 이랑이나 마저 매고 점심도 먹을 겸해 젖도 먹이리라 하고 바삐 손을 놀렸다. 한데 갑자기 애 울음 소리가 뚝 그치기에 돌아다보니 난데없는 큰 호랑이 한 마리가 자기네의 애를 물고 산막골로 올라가는 것이 아닌가. 이것을 본 반수 할아버지 눈이 뒤집혀 쥐고 있던 호미 하나만을 들고 아내가 붙들 새도 없이 호랑이의 뒤를 좇아 올라갔다.

반수 할아버지가 호랑이를 좇아 굴을 찾아 들어갔을 때에는 마침 호랑이가 어린애를 앞발로 어르고 있었다. 그렇게 얼러 사람의 혼을 뽑고야 잡아먹는다는 말대로. 이것을 본 반수 할아버지는 다가들어 가면서 호랑이의 잔허리를 끌어안았다. 여기에 놀란 호랑이가 그만 으엉 소리와 함께 빠져 달아나면서 똥을 갈겼다. 이것이 혼똥인 것이다. 이 혼이 나 갈긴 뜨거운 혼똥이 마침 엎어진 반수 할아버지 머리에 철썩 떨어졌다.

반수 할아버지 마누라의 말을 듣고 동네 사람들이 모두 쟁기를 하나씩 들고 고함을 치면서 굴까지 달려갔을 때에는 반수 할아버지가 애를 안고 굴에서 나오는 때였다. 애도 아무 일 없고 반수 할아버지도 아무 일 없었다. 그저 반수 할아버지의 머리만이 호랑이의 뜨거운 혼똥에 익어 껍질이 벗겨졌을 뿐이었다.

지금도 반수 할아버지는 머리에 완전히 머리털 한 오라기 없는 대머리로 동네에서 제일 나이가 으뜸되도록 살아 있다. 그때의 애도 지금은 영감이 되어 손자를 둘이나 보았고.

아버지는 아직 안 돌아온다. 정말 산막골을 무사히 지나 줬으면 좋겠다. 아버지가 돌아오기까지 자지 않으리라.

어머니가 문을 열고 다리미를 밖으로 내대고 재를 까분다. 재가 날아나는 어둠 속에 재처럼 희끗희끗 날리는 것이 보였다. 눈이었다. 어느새 정말 첫눈이 내리는 것이다. 아이는 어서 아버지가 눈을 털며 들어서기만 해 줬으면 눈이 오니 얼마나 좋을까 한다.

아버지는 지금 눈을 맞으면서 돌아오리라. 끝없이 내리는 눈. 아이는 눈을 감으면 함박눈으로 쏟아지는 눈 때문에 아버지가 어디 있는지 분명치가 않다. 졸린다. 자서는 안 된다. 눈발 속에 분명치가 않은 아버지를 찾다가, 아버지가 눈발 속에 가리워지고 말면서, 아이는 종내 잠이 들고 만다.

아이는 눈발 속이 아닌 우거진 소나무와 잡목 새에 아버지를 자꾸만 잃는다. 아버지 따라 장에 갔다 돌아오는 길이다. 아버지

는 장에서 마신 술 때문에 비틀걸음이다. 명태 한 쾌*를 빈 자루에 넣어 맨 아버지의 등이 무던히도 굽었다. 허릿중이 더한가 보다. 아이는 천천히 걷는 자기도 못 따라오는 아버지를 잃지 않으려고 자꾸 돌아본다.

한번 돌아다보니까 아버지가 없다. 아무리 소나무와 잡목 새를 자세히 살펴봐도 없다. 그러는데 저기 산골짜기로 백호 한 마리가 자기 아버지를 물고 올라가는 것이 아닌가. 아이는 눈이 뒤집힌다. 그리고 백호의 뒤를 따라 올라간다. 반수 할아버지는 호미라도 쥐었었지만 자기는 맨손으로. 그렇지만 내 저놈의 호랑이를 잡아 메치고 아버지를 빼앗고야 말리라.

산막골에 우거졌던 소나무와 잡목이 어느새 그만 눈발이 돼 버린다. 그리고 백호란 놈이 앞서 눈발 속에 보이지 않는다. 그러면 발자국을 찾아가리라. 작년 겨울 동네 돼지 새끼 물어 갔을 때 내고 간 발자국을 보아 아이는 호랑이 발자국을 잘 안다. 한데 난데없는 눈덩이가 날아와 면상을 맞힌다. 증손이다. 붉은 코피가 이

---

* 쾌 북어 스무 마리를 묶어 세는 단위.

번에도 흰 눈에 떨어진다. 눈물이 난다. 그러나 울어서는 못쓴다.

그냥 호랑이의 발자국을 찾아 올라가니까, 굴이다. 굴 속에서는 정말 호랑이가 앞발로 아버지를 어르고 있다. 아이는 전에 반수 할아버지가 한 듯이 다가들어 가면서 백호의 잔허리를 끌어안는다. 그랬더니 이놈의 백호가 또 혼이 나 혼똥을 갈긴다. 꼭 머리에 떨어진다. 뜨겁다. 아무려면 내가 널 놔줄 줄 아니? 네 허릿동강이를 끊어버리고야 말겠다. 그냥 호랑이의 허리를 죄어안는다. 백호는 죽겠다고 으르렁으엉 으르렁으엉 운다. 속히 동네 사람들이 올라와 백호 잡는 걸 봐 줬으면 좋겠다.

백호는 그냥 운다. 한 번 더 안은 팔을 죄니까 백호의 허리가 뚝 끊어진다. 깜짝 깬다.

막 깜깜이다. 어느새 돌아와 누웠는지 아이의 옆에는 아버지가 잠들어, 그르렁후우 그르렁후우 코를 골고 있다.

아, 마음이 놓인다. 이젠 아주 자야지. 그러는데 불현듯 무섬증이 난다. 아버지의 코 고는 소리가 꿈 속의 호랑이 울음처럼 무섭다. 아버지의 코 고는 소리 새새 바깥 수수깡 바자의 눈이 부스러져 떨어지는 소리가 다 무섭다. 이불을 땀에 젖은 머리 위까지 쓴

다. 요에서 굴러 떨어지는 도토리까지 무섭다. 이제는 어서 잠이

들었으면 좋겠다.

그러는 송 영감의 눈앞에 독가마가 떠올랐다. 그러자 송 영감
은 그리로 가리라는 생각이 불현듯 일었다. 거기에만 가면 몸
이 녹여지리라. 송 영감은 기는 걸음으로 뜸막을 나섰다.

독 짓는 늙은이

이년! 이 백 번 쥑에두 쌀 년! 앓는 남편두 남편이디만, 어린
자식을 놔두구 그래 도망을 가? 것두 아들놈 같은 조수놈하구
서……. 그래 지금 한창나이란 말이디? 그렇다구 이년, 내가 아무
리 늙구 병들었기루서니 거랑질*이야 할 줄 아니? 이녀언! 하는
데, 옆에 누웠던 어린 아들이 아바지, 아바지이! 하였으나 송 영
감은 꿈 속에서 자기 품에 안은 아들이 아바지, 아바지이! 하고
부르는 것으로 알며, 오냐 데건 네 에미가 아니다! 하고 꼭 품에

* 거랑질 '동냥질'의 평안도 방언.

껴안는 것을, 옆에 누운 어린 아들이 그냥 울먹울먹한 목소리로 아버지를 불러, 잠꼬대에서 송 영감을 깨워 놓았다.

송 영감은 잠들기 전보다 더 머리가 무겁고 언짢았다. 애가 종내 훌쩍훌쩍 울기 시작했다. 오, 오, 하며 송 영감은 잠꼬대 속에서처럼 애를 끌어안았다. 자기의 더운 몸에 별나게 애의 몸이 찼다. 벌써부터 이렇게 얼리어서 될 말이냐고, 송 영감은 더 바싹 애를 껴안았다. 그리고 훌쩍이는 이제 일곱 살 난 애를 그렇게 안고 있는 동안 송 영감은 다시 이 어린것을 두고 도망간 아내가 새롭게 괘씸했다. 아내와 함께 여드름 많던 조수가 떠올랐다. 그러자 그 아들 같은 조수에게 동년배의 사내와 사내가 느끼는 어떤 적수감이 불길처럼 송 영감의 괴로운 몸을 휩쌌다.

송 영감 자신이 집중* 잡히지 않는 병으로 앓아누웠기 때문에 조수가 이 가을로 마지막 가마에 넣으려고 거의 혼자서 지어 놓다시피 한 중옹 통옹 반옹 머쎄기 같은 크고 작은 독들이 구월 보름 가까운 달빛에 마치 하나하나 도망간 조수의 그림자같이 느껴

---
* 집중 執症 병의 증상을 살펴 알아냄.

졌을 때, 송 영감은 벌떡 일어나 부채방망이를 들어 모조리 깨부수고 싶은 충동을 받았으나, 다음 순간 내일부터라도 자기가 독을 지어 한 가마 채워 가지고 구워 내야 당장 자기네 부자가 살아갈 것이라는 생각에 미치면서는, 정말 그러는 수밖에 다른 도리가 없다고 지그시 무거운 눈을 감아 버렸다.

　날이 밝자 송 영감은 열에 뜬 머리를 수건으로 동이고 일어나 앉아, 애더러는 흙 이길 왱손이*를 부르러 보내 놓고, 왱손이 올 새가 바빠서 자기 손으로 흙을 이겨 틀 위에 올려놓았다. 송 영감의 손은 자꾸 떨리었다. 그러나 반쯤 독을 지어 올려, 안은 조마구*, 밖은 부채마치로 맞두드리며, 일변 발로는 틀을 돌리는 익은 솜씨만은 앓아눕기 전과 다를 바 없는 듯했다. 왱손이가 흙을 이겨 주는 대로 중옹 몇 개를 지어 냈다.
　그러나 차차 송 영감의 솜씨에는 틈이 생기기 시작했다. 더구

---

* 왱손이　흙을 반죽하는 일꾼.
* 조마구　작은 주먹을 귀엽게 또는 얕잡아 이르는 말, 북한어.

나 조마구와 부채마치로 두드려 올릴 때, 퍼뜩 눈앞에 아내와 조수의 환영이 떠오르면 짓던 독을 때리는지 아내와 조수를 때리는지 분간 못하는 새, 독이 그만 얇게 못나게 지어지곤 했다. 그리고 전*을 잡은 손이 떨려, 가뜩이나 제일 힘든 마무리의 전이 잘 잡혀지지를 않았다. 열 때문에도 있었다. 송 영감은 쓰러지듯이 짓던 독 옆에 눕고 말았다.

송 영감이 정신이 들었을 때는 저녁 때가 기울어서였다. 왱손이도 흙 몇 덩이를 이겨 놓고 가고 없었다. 언제부터인가 바깥 저녁그늘 속에 애가 남쪽 장길을 향해 쪼그리고 앉아 있었다. 어머니를 기다리는 거리라. 언제나처럼 장보러 간 어머니가 언제나처럼 저녁 때면 조수에게 장감을 지워 가지고 돌아올 줄로만 아직 아는가 보다.

밖을 내다보던 송 영감은 제 힘만이 아닌 어떤 힘으로 벌떡 일어나 다시 독 짓기를 시작하는 것이었으나, 이번에는 겨우 한 개를 짓고는 다시 쓰러지듯이 눕고 말았다.

---

* 전 물건의 위쪽 가장자리가 약간 넓고 평평하게 된 부분.

다음에 송 영감이 정신이 든 것은 아주
어두운 속에서 애가 흔들어 깨워서였다.
울먹이던 애가 깨나는 아버지를 보고 그제
야 안심된 듯이 저쪽에서 밥그릇을 가져다
아버지 앞에 놓았다. 웬 거냐고 하니까 애가,
앵두나뭇집 할머니가 주더라고 한다. 송 영감은

확 분노가 치밀어, 누가 거랑질해 오라더냐고 밥그릇을 밀쳐 놓자
애가 훌쩍훌쩍 울기 시작했다. 송 영감은 아침에 어제의 저녁밥
남은 것을 조금 뜨는 것처럼 하고는 하루 종일 아무것도 입에 대
지 않은 것을 생각하고는, 애도 아직 저녁을 못 먹었을지 모른다
고 밥그릇을 도로 끌어다 한 술 입에 떠넣으며 이번에는 애보고,
맛있으니 너도 먹으라는 것이었으나, 자신은 입맛을 잃은 탓만도
아닌 그 무엇이 밥 넘기려는 목에서 치밀어 올라오곤 해, 좀처럼
밥을 넘길 수가 없었다.

다음날 아침에는 송 영감이 죽인지 밥인지 모를 것을 끓였다.
여전히 입맛은 없었으나 어제 저녁처럼 목이 메어오르는 것은 없

었다.

오늘도 또 지어 올리는 독을 말리느라고 처음에는 독 밖에 피워 놓았다가 독이 한 반쯤 지어지면 독 안에 매달아 놓은 숯불의 숯내까지가 머리를 더 무겁게 했다. 사십 년래 없이 숯내를 다 먹는 듯했다.

송 영감은 어제보다 더 쓰러져 넘어지는 도수*가 많았다. 흙 이기던 왱손이가 이래서는 도무지 한 가마 채우지 못하리라고 송 영감에게 내년에 마저 지어 첫 가마에 넣도록 하는 게 어떠냐고 몇 번이고 권해 보았으나 송 영감은 일어났다가는 쓰러지고, 일어났다가는 쓰러지고 하면서도 독 짓기를 그만두려고 하지는 않았다.

송 영감이 한번 쓰러져 있는데 방물장수 앵두나뭇집 할머니가 와서, 앓는 몸을 돌봐야 하지 않느냐고 하며, 조미음 사발을 송 영감 입 가까이 내려놓았다. 송 영감은 어제 어린 아들에게 거랑질해 왔다고 고함을 쳤던 일을 생각하며, 이 아무에게나 친절한 앵두나뭇집 할머니에게 미안한 생각이 들어, 어제만 해도 애한테

---

* 도수 度數 거듭하는 횟수

밥이랑 그렇게 많이 줘 보내서 잘 먹었는데 또 이렇게 미음까지
쑤어 오면 어떡하느냐고 했다. 앵두나뭇집 할머니는 그저, 어서
식기 전에 한 모금 마셔 보라고만 했다. 그리고 송 영감이 미음을
몇 모금 못 마시고 사발에서 힘없이 입을 떼는 것을 보고 앵두나
뭇집 할머니는, 정말 이 영감이 이번 병으로 죽으려는가 보다는
생각이라도 든 듯, 당손이를 어디 좋은 자리가 있으면 주어 버리
는 게 어떠냐고 했다. 송 영감은 쓰러져 있던 사람같지 않게 눈을
흡떠* 앵두나뭇집 할머니를 쏘아보았다. 그리고 어느새 송 영감
의 손은 앞에 놓인 미음 사발을 앵두나뭇집 할머니에게로 떼밀치
고 있었다. 그런 말 하러 이런 것을 가져왔느냐고, 썩썩 눈앞에서
없어지라고, 송 영감은 또 쓰러져 있던 사람같지 않게 고함쳤다.
앵두나뭇집 할머니는 송 영감의 고집을 아는 터라 더 무슨 말을
하지 않았다.

앵두나뭇집 할머니가 가자, 송 영감은 지금 밖에서 자기의 어
린 아들이 어디로 업혀 가기나 하는 듯이 밖을 향해 목청껏, 당손

---

* 흡떠 '흡뜨다'의 북한어. 눈알을 위로 굴리고 눈시울을 위로 치뜨다.

아! 하고 애를 불러 대기 시작했다. 그러다가 애가 뜸막* 문에 나타나는 것을 이번에는 애의 얼굴을 잊지나 않으려는 듯이 한참 쳐다보다가 그만 기운이 지쳐 눈을 감아 버리고 말았다. 애는 또 전에 없이 자기를 쳐다보는 아버지가 무서워 아버지에게 더 가까이 가지 못하고 섰다가, 아버지가 눈을 감자 더럭 더 겁이 나 훌쩍이기 시작했다.

날이 갈수록 송 영감은 독 짓기보다 자리에 쓰러져 있는 때가 많았다. 백 개가 못 차니 아직 이십여 개를 더 지어야 한 가마 충수*가 되는 것이다. 한 가마를 채우게 짓자 하고 마음만은 급해지는 것이었으나, 몸을 일으키다가 도로 쓰러지며 흰 털 섞인 노랑 수염의 입을 벌리고 어깨숨을 쉬곤 했다.

그러한 어느 날, 물감이며 바늘을 가지고 한돌림 돌고 온 앵두 나뭇집 할머니가 찾아와서는 마침 좋은 자리가 있으니 당손이를

---

* 뜸막 짚이나 부들 따위로 지붕을 이은 막집.
* 충수 充數 정해 놓은 수효를 채움. 또는 그 수효

다시 읽는 황순원

주어 버리고 말자는 말로, 말이 난 자리는 재물도 넉넉하지만 무엇보다도 사람들 마음씨가 무던하다는 말이며, 그 집에서 전에 어떤 젊은 내외가 살림을 엎어치우고 내버린 애를 하나 얻어다 길렀는데, 얼마 전에 그 친아버지 되는 사람이 여남은 살이나 된 그애를 찾아갔다는 말이며, 그때 한 재물 주어 보내고서는 영감 내외가 마주 앉아 얼마 동안을 친자식 잃은 듯이 울었는지 모른다는 말이며, 그래 이번에는 아버지 없는 애를 하나 얻어다 기르겠다더라는 말을 하면서, 꼭 그 자리에 당손이를 주어 버리고 말자고 했다. 송 영감은 앵두나뭇집 할머니와 일전의 일이 있은 뒤에도 앵두나뭇집 할머니가 애를 통해서 먹을 것 같은 것을 보내는 것이, 흔히 이런 노파에게 있기 쉬운 이런 주선이라도 해 주면 나중에 자기에게 돌아오는 것이 있어 그걸 탐내서 그러는 건 아니라고, 그저 인정 많은 늙은이라 이 편을 위해 주는 마음에서 그런다는 것만은 아는 터이지만, 송 영감은 오늘도 저도 모를 힘으로, 그런 소리를 하려거든 아예 다시는 오지도 말라고, 자기 눈에 흙 들어가기 전에는 내놓지 못한다고 했다. 앵두나뭇집 할머니는 그렇게 고집만 부리지 말고 영감이 살아서 좋은 자리로 가는 걸 보아야 마음이 놓이지 않겠느냐는 말로, 사실 말이지 성한 사람도 언제 무슨 변을 당할는지 모르는데 앓는 사람의 일을 내일 어떻게 될는지 누가 아느냐고 하며, 더구나 겨울도 닥쳐오고 하니 잘 생각해 보라고 했다. 송 영감은 그저 자기가 거랑질을 해서라도 애를 굶기지는 않을 테니 염려 말라고 했다.

앵두나뭇집 할머니가 돌아간 뒤, 송 영감은 지금 자기가 거랑질을 해서라도 애를 굶기지는 않겠다고 했지만, 그리고 사실 아내가 무엇보다도 자기와 같이 살다가는 거랑질을 할 게 무서워 도망갔음에 틀림없지만, 자기가 병만 나아 일어나는 날이면 아직 일등 호주라는 칭호 아래 얼마든지 독을 지을 수 있다는 생각과 함께, 이제 한 가마 독만 채워 전처럼 잘만 구워 내면 거기서 겨울 양식과 내년에 할 밑천까지도 나올 수 있다는 희망으로, 어서 한 가마를 채우자고 다시 마음이 조급해지는 것이었다.

하루는 송 영감이 날씨를 가려 종시* 한 가마가 차지 못하는 독

---

* 종시 終是 끝내.

들을 왱손이의 도움을 받아 밖으로 내고야 말았다. 지어진 독만으로라도 한 가마 구워 내리라는 생각이었다.

독 말리기. 말리기라기보다도 바람쐬기다. 햇볕도 있어야 하지만 바람이 있어야 한다. 안개 같은 것이 낀 날은 좋지 못하다. 안개가 걷히며 바람 한 점 없이 해가 갑자기 쨍쨍 내리쬐면 그야말로 걷잡을 새 없이 독들이 세로 가로 터져 나간다. 그런데 오늘은 바람이 좀 치는 게 독 말리기에 아주 알맞은 날씨였다.

독들을 마당에 내자 독가마 속에서 거지들이, 무슨 독을 지금 굽느냐고 중얼거리며 제가끔의 넝마 살림들을 안고 나왔다. 이 거지들은 가을철이 되면 이렇게 독가마를 찾아들어 초가을에는 가마 초입에서 살다, 겨울이 되면서 차차 가마가 식어감에 따라 온기를 찾아 가마 속 깊이로 들어가며 한겨울을 나는 것이다.

송 영감은 거지들에게, 지금 뜸막이 비었으니 독 구워 내는 동안 거기에들 가 있으라고 하려다가 그만두었다. 전에 없이 거지들을 자기 있는 집에 들인다는 것이 마치 자기가 거지나 되는 것처럼 느껴졌던 것이다.

가마에서 나온 거지들은 혹 더러는 인가를 찾아 동냥을 가고,

혹 한패는 양지바른 데를 골라 드러누웠고, 몇이는 아무 데고 앉아서 이 사냥 같은 것을 하기 시작했다.

송 영감도 양지에 앉아서 독이 하얗게 마르는 정도를 지키고 있었다.

독들을 가마에 넣을 때가 되었다. 송 영감 자신이 가마 속까지 들어가, 전에는 되도록 독이 여러 개 들어가도록만 힘쓰던 것을 이번에는 도망간 조수와 자기의 크기 같은 독이 되도록 아궁이에서 같은 거리에 나란히 놓이게만 힘썼다. 마치 누구의 독이 잘 지어졌나 내기라도 해 보려는 듯이.

늦저녁 때쯤 해서 불질이 시작됐다. 불질. 결국은 이 불질이 독을 쓰게도 못 쓰게도 만드는 것이다. 지은 독에 따라서 세게 때야할 때 약하게 때도, 약하게 때야 할 때 지나치게 세게 때도, 또는 불을 더 때도 덜 때도 안 된다.

처음에 슬슬 때다가 점점 세게 때기 시작하여 서너 시간 지나면 하얗던 독들이 흑색으로 변한다. 거기서 또 너더댓 시간만 때면 독들은 다시 처음의 하얗던 대로 되고, 다음에 적색으로 됐다가 이번에는 아주 샛말갛게 되는데, 그것은 마치 쇠가 녹는 듯, 하늘의 햇빛을 쳐다보는 듯이 된다. 정말 다음날 하늘에는 맑은 햇빛이 빛나고 있었다.

곁불 놓기를 시작했다. 독가마 양 옆으로 뚫은 곁창 구멍으로 나무를 넣는 것이다.

이제는 소나무를 단으로 넣기 시작했다. 아궁이와 곁창의 불길이 길을 잃고 확확 내쏜다. 이 불길이 그대로 어제 늦저녁부터 아궁이에서 좀 떨어진 한 곳에 일어나 앉았다 누웠다 하며 한결같이 불질하는 것을 지키고 있는 송 영감의 두 눈 속에서도 타고 있었다.

이렇게 이날 해도 다 저물었다. 그러는데 한편 곁창에서 불질하던 왱손이가 곁창 속을 들여다보는 듯하더니, 분주히 이리로 달려오는 것이었다. 송 영감은 벌써 왱손이가 불질하던 곁창의 위치로써 그것이 자기의 독이 들어 있는 자리라는 것을 알고 왱손이가 뭐라기 전에 먼저, 무너앉았느냐고 했다. 왱손이는 그렇다고 하면서, 이젠 독이 좀 덜 익더라도 곁불질을 그만두고 아궁이를 막아 버리자고 했다. 그러나 송 영감은 그저, 그만두라고 할 때까지 그냥 불질을 하라고 했다.

거지들이 날이 저물었다고 독가마 부근으로 모여들었다.

송 영감이, 이제 조금만 더, 하고 속을 죄고 있을 때였다. 가마 속에서 갑자기 뚜왕! 뚜왕! 하고 독 튀는 소리가 울려나왔다. 송 영감은 처음에 벌떡 반쯤 일어나다가 도로 주저앉으며 이상스레 빛나는 눈을 한 곳에 고정한 채 귀를 기울였다. 송 영감은 가마에 넣은 독의 위치로, 지금 것은 자기가 지은 독, 지금 것도 자기가 지은 독, 하고 있었다. 이렇게 튀는 것은 거의 송 영감의 것뿐이었다. 그리고 송 영감은 또 그 튀는 소리로 해서 그것이 자기가 앓다가 일어나 처음에 지은 몇 개의 독만이 튀지 않고 남은 것을 알며, 왱손이의 거치적거린다고 거지들을 꾸짖는 소리를 멀리 들으면서 어둠 속에 그만 쓰러지고 말았다.

다음날 송 영감이 정신이 들었을 때에는 자기네 뜸막 안에 누여져 있었다. 옆에서 작은 몸을 오그리고 훌쩍거리던 애가 아버지가 정신 든 것을 보고 더 크게 훌쩍거리기 시작했다. 송 영감이 저도 모르게 애보고, 안 죽는다, 안 죽는다, 했다. 그러나 송 영감은 또 속으로는, 지금 자기는 죽어가고 있다고 부르짖고 있었다.

이튿날 송 영감은 애를 시켜 앵두나뭇집 할머니를 오게 했다. 앵두나뭇집 할머니가 오자 송 영감은 애더러 놀러 나가라고 하며 유심히 애의 얼굴을 쳐다보는 것이었다. 마치 애의 얼굴을 잊지 않으려는 듯이.

앵두나뭇집 할머니와 단둘이 되자 송 영감은 눈을 감으며, 요전에 말하던 자리에 아직 애를 보낼 수 있겠느냐고 물었다. 앵두나뭇집 할머니는 된다고 했다. 얼마나 먼 곳이냐고 했다. 여기서 한 이삼십 리 잘 된다는 대답이었다. 그러면 지금이라도 보낼 수 있느냐고 했다. 당장이라도 데려가기만 하면 된다고 하면서 앵두나뭇집 할머니는 치마 속에서 지전 몇 장을 꺼내어 그냥 눈을 감고 있는 송 영감의 손에 쥐어 주며, 아무 때나 애를 데려오게 되면 주라고 해서 맡아 두었던 것이라고 했다.

송 영감이 갑자기 눈을 뜨면서 앵두나뭇집 할머니에게 돈을 도로 내밀었다. 자기에게는 아무 소용 없으니 애 업고 가는 사람에게나 주어 달라는 것이었다. 그리고는 다시 눈을 감았다. 앵두나뭇집 할머니는 애 업고 가는 사람 줄 것은 따로 있다고 했다. 송 영감은 그래도 그 사람을 주어 애를 잘 업어다 주게 해 달라고 하면서, 어서 애나 불러다 자기가 죽었다고 하라고 했다. 앵두나뭇집 할머니가 무슨 말을 하려는 듯하다가 저고리 고름으로 눈을 닦으며 밖으로 나갔다.

송 영감은 눈을 감은 채 가쁜 숨을 죽이고 있었다. 그리고 무슨 일이 있더라도 눈물일랑 흘리지 않으리라 했다.

그러나 앵두나뭇집 할머니가 애를 데리고 와 저렇게 너의 아버지가 죽었다고 했을 때, 감은 송 영감의 눈에서는 절로 눈물이 흘러내림을 어찌할 수 없었다. 앵두나뭇집 할머니는 억해* 오는 목소리를 겨우 참고, 저것 보아라, 벌써 눈에서 썩은 물이 나온다고 하고는, 그러지 않아도 앵두나뭇집 할머니의 손을 잡은 채 더 아버지에게 가까이 갈 생각을 않는 애의 손을 끌고 그곳을 나왔다.

그냥 감은 송 영감의 눈에서 다시 썩은 물 같은, 그러나 뜨거운 새 눈물줄기가 흘러내렸다. 그러는데 어디선가 애의 훌쩍훌쩍 우는 소리가 들리는 듯했다. 눈을 떴다. 아무도 있을 리 없었다. 지어 놓은 독이라도 한 개 있었으면 싶었다. 순간 뜸막 속 전체만한

---

* 억하다 감정이 북받쳐서 가슴이 막히는 듯하다.

공허가 송 영감의 파리한 가슴을 억눌렀다. 온몸이 오므라들고 차
옴을 송 영감은 느꼈다.

그러는 송 영감의 눈앞에 독가마가 떠올랐다. 그러자 송 영감
은 그리로 가리라는 생각이 불현듯 일었다. 거기에만 가면 몸이
녹여지리라. 송 영감은 기는 걸음으로 뜸막을 나섰다.

거지들이 초입에 누워 있다가 지금 기어 들어오는 게 누구라는
것도 알려 하지 않고, 구무럭거려 자리를 내주었다. 송 영감은 한
옆에 몸을 쓰러뜨렸다. 우선 몸이 녹는 듯해 좋았다.

그러나 송 영감은 다시 일어나 가마 안쪽으로 기기 시작했다.
무언가 지금의 온기로써는 부족이라도 한 듯이. 곧 예삿사람으로
는 더 견딜 수 없는 뜨거운 데까지 이르렀다. 그런데도 송 영감은
기기를 멈추지 않았다. 그렇다고 그냥 덮어놓고 기는 것은 아니었
다. 지금 마지막으로 남은 생명이 발산하는 듯 어둑한 속에서도
이상스레 빛나는 송 영감의 눈은 무엇을 찾고 있는 것이었다. 그
러다가 열어젖힌 곁창으로 새어 들어오는 늦가을 맑은 햇빛 속에
서 송 영감은 기던 걸음을 멈추었다. 자기가 찾던 것이 예 있다는
듯이. 거기에는 터져나간 송 영감 자신의 독 조각들이 흩어져 있

었다.

송 영감은 조용히 몸을 일으켜 단정히, 아주 단정히 무릎을 꿇고 앉았다. 이렇게 해서 그 자신이 터져나간 자기의 독 대신이라도 하려는 것처럼.

황순원

■1915년(1세)	3월 26일, 평안남도 대동군 재경면 빙장리에서 부 황찬영 (黃贊永) 씨와 모 장찬붕(張贊朋) 씨의 삼형제 중 장남으로 출생. 자는 만강(晩岡), 본관은 제안(齊安).
■1919년(5세)	평양 숭덕학교 교사로 있던 아버지가 3·1운동 때 태극기 와 독립선언서를 평양 시내에 배포한 일로 체포되어 1년 6 개월 동안 옥고를 치름.
■1921년(7세)	가족 전체가 평양으로 이사함.
■1923년(9세)	평양 숭덕소학교 입학.
■1929년(15세)	숭덕소학교 졸업. 정주 오산중학교 입학. 그곳에서 남강 이 승훈 선생을 만남. 입학한 지 한 학기만에 건강 문제로 숭 실중학교로 전학.

- 1930년(16세)   신문에 동요와 시를 발표하기 시작.
- 1931년(17세)   《동광(東光)》에 시 〈나의 꿈〉과 〈아들아 무서워 말라〉를 발표. 그 외의 시 작품을 여러 잡지에 발표하여 본격적으로 문단에 데뷔.
- 1932년(18세)   《동광》에 〈젊은이여〉 발표.《동광》 문예 특집호에 〈넋 잃은 그의 앞가슴을 향하여 힘 있게 활줄을 당겨라〉 발표. 이로써 주요한으로부터 모윤숙, 이웅수, 김해강 등과 함께 신예 시인으로 소개됨.《신동아(新東亞)》에 시 〈봄노래〉를,《동광》에 〈황해〉 발표.
- 1933년(19세)   시 〈1933년의 수레바퀴〉 외에도 다수의 시 작품을 신문 및 잡지 등에 발표.
- 1934년(20세)   숭실중학교 졸업. 일본 동경 와세다 제2고등학원 입학. 동경에서 이해랑, 김동원 등과 함께 극예술 연구단체 '동경학생예술좌'를 창립하여 연극운동을 펼침. 동경학생예술좌 명의로 27편의 시가 담긴 첫 시집《방가(放歌)》를 출간.
- 1935년(21세)   1월, 평양 숭의여고 문예반장 출신으로 일본 나고야 금성여자전문 재학 중인 동갑 양정길과 결혼. 동아일보에 시 〈7월의 추억〉 발표. 서울에서 발행하는《삼사문학(三四文學)》에 동인으로 참가해 시와 소설을 발표하기 시작.
- 1936년(22세)   와세다 제2고등학원 졸업. 와세다 대학 문학부 영문과 입

학. 5월, 동경학생예술좌에서 두 번째 시집인《골동품(骨董品)》간행. 동경에서 발행하는 《창작(創作)》에 시 〈도주〉와 〈잠〉 발표.

- 1937년(23세) 《창작》 제3집에 첫 소설 〈거리의 부사(副詞)〉를 발표.
- 1938년(24세) 《작품(作品)》 1호에 시 〈과정·행동〉과 단편 〈돼지〉를 발표.
- 1939년(25세) 와세다 대학 영문과 졸업.
- 1940년(26세) 첫 단편집 《황순원단편집》을 한성도서에서 간행(후에 표제를 《늪》으로 변경). 원응서와 친교 맺음.
- 1941년(27세) 《인물평론(人物評論)》에 단편 〈별〉 발표.
- 1942년(28세) 《춘추(春秋)》에 단편 〈그늘〉 발표. 일제의 한글 말살정책으로 발표기관이 없어져 작품창작에만 몰두. 단편 〈기러기〉, 〈병든 나비〉, 〈황노인〉, 〈애〉, 〈머리〉 등을 탈고.
- 1943년(29세) 일제의 간섭을 피해 평양에서 고향 빙장리로 피난을 감. 단편 〈세레나드〉, 〈노새〉, 〈맹산 할머니〉, 〈물 한 모금〉 등을 탈고.
- 1944년(30세) 단편 〈독 짓는 늙은이〉, 〈눈〉 등을 탈고.
- 1945년(31세) 시 〈그날〉, 〈당신과 나〉, 〈신음소리〉, 〈골목〉, 〈열매〉와 단편 〈술〉 탈고.
- 1946년(32세) 《관서시인집(關西詩人集)》에 〈그날〉 등 시 5편 수록. 공산 치하 아래 지주 계급으로 몰려 신변의 위험을 느끼자 가족들

과 함께 월남을 택하고, 서울중고등학교 교사로 취임. 《민성(民聲)》에 시 〈저녁 저자에서〉 발표.

■ 1947년(33세) 《신천지(新天地)》에 단편 〈술〉과 〈담배 한 대 피울 때〉 발표. 장편 〈별과 같이 살다〉를 부분적으로 잡지에 발표.

■ 1948년(34세) 《개벽(開闢)》에 단편 〈목넘이 마을의 개〉 발표. 해방 후에 쓴 단편을 모아 단편집 《목넘이 마을의 개》를 육문사에서 간행.

■ 1949년(35세) 《신천지》에 단편 〈검부러기〉와 콩트 〈무서운 웃음〉 발표. 《민성》에 단편 〈산골아이〉를, 《문예》에 단편 〈맹산 할머니〉와 〈노새〉를, 《신천지》에 단편 〈황노인〉을 발표.

■ 1950년(36세) 《문예》에 단편 〈기러기〉를, 《백민(白民)》에 단편 〈이리도〉를 발표. 장편 《별과 같이 살다》 간행. 《신천지》에 단편 〈모자〉를, 《문예》에 단편 〈독 짓는 늙은이〉를 발표. 6·25전쟁이 발발해 제자의 도움을 받아 경기도 광주로 몸을 옮겼다가 1·4후퇴 때 부산으로 피난. 영남일보에 콩트 〈메리 크리스마스〉 발표. 한국문학가협회 소설분과위원장에 피촉.

■ 1951년(37세) 《신천지》에 단편 〈어둠 속에 찍힌 판화〉를 발표. 일제의 한글 말살 정책으로 인해 발표할 기회를 얻지 못하고 보관 중이었던 단편을 모아 단편집 《기러기》 간행.

■ 1952년(38세) 《문예》에 단편 〈곡예사〉를, 《주간 문학예술(文學藝術)》에

〈목숨〉을 발표. 6월, 11편의 단편을 담은 단편집 《곡예사》 간행. 《한국시집》에 시 〈향수〉와 〈제주돗말〉 수록.

■ 1953년(39세) 《문예》에 단편 〈과부〉를, 《신천지》에 단편 〈학〉을, 《신문학》 4집에 단편 〈소나기〉를 발표. 피난지에서 돌아옴. 《문예》에 장편 〈카인의 후예〉를 5회까지 연재하다 폐간으로 중단. 《신천지》에 단편 〈여인들〉을, 《문화세계(文化世界)》에 〈맹아원에서〉를 발표.

■ 1954년(40세) 《신천지》에 단편 〈왕모래〉를, 《문학예술》에 〈사나이〉 발표. 연재가 중단된 뒷부분을 완성해 단행본으로 장편 《카인의 후예》를 간행.

■ 1955년(41세) 《새가정》에 장편 〈인간접목〉을 1년간 연재. 《현대문학》에 단편 〈부끄러움〉과 〈필묵장수〉를 발표. 장편 〈카인의 후예〉로 아시아 자유문학상 수상했고, 《현대문학》 추천 작품 심사위원에 피촉됨. 서울중고등학교 교사 사임.

■ 1956년(42세) 《현대문학》에 단편 〈잃어버린 사람들〉과 〈산〉을, 《문학예술》에 〈불가사리〉와 〈비바리〉를 각각 발표. 단편집 《학》을 간행했고, 《문학예술》 추천 작품 심사위원에 피촉됨.

■ 1957년(43세) 《현대문학》에 단편 〈내일〉과 〈소리〉를 발표. 중앙문화사에서 장편 《천사》 간행(후에 표제를 《인간접목》으로 변경). 경희대학교 국문과 조교수로 취임. 대한민국 예술회 회원으

로 피선.

■ 1958년(44세)　《현대문학》에 단편 〈다시 내일〉과 〈링반데룽〉을, 《사상계(思想界)》에 〈콩트 삼제(三題)〉와 〈안개구름 끼다〉를, 《현대문학》에 〈모든 영광은〉과 단편 〈너와 나만의 시간〉을, 《자유공론》에 〈한 벤치에서〉를 발표. 중앙문화사에서 여섯 번째 단편집 《잃어버린 사람들》 간행. 단편 〈과부〉가 영화화됨.

■ 1959년(45세)　영국 《인카운터(Encounter)》의 영어 비상용국 작가 단편 콩쿠르에 단편 〈소나기〉를 유의상 영역으로 게재하여 입상·발표됨. 《사상계》에 단편 〈대상〉 발표. 장편 〈별과 같이 살다〉, 〈카인의 후예〉, 〈인간접목〉 등과 단편집 《늪》을 민중서관의 《한국문학전집》 제22권에 수록. 단편 〈소나기〉, 〈왕모래〉를 신태양사의 《한국수상문학전집》 제1권에 수록.

■ 1960년(46세)　《사상계》에서 장편 〈나무들 비탈에 서다〉 연재한 직후 단행본으로 출간. 《한국시집》에 시 〈세레나드〉 수록. 한국문인협회 소설분과위원장 피선.

■ 1961년(47세)　《현대문학》에 단편 〈내 고향 사람들〉 발표. 《자유문학(自由文學)》에 단편 〈가랑비〉를, 《사상계》 임시 증간호에 〈송아지〉를 발표. 장편 〈나무들 비탈에 서다〉로 예술원상 수상.

- 1962년(48세)   《현대문학》에 장편 〈일월(日月)〉 제1·2부 연재.
- 1963년(49세)   《현대문학》에 〈비늘〉 발표. 《사상계》에 단편 〈그래도 우리
끼리는〉 발표. 단편 〈학〉을 미국 계간지 《프레리 쉬너
(Prairie Schooner)》에 유의상 영역으로 게재.
- 1964년(50세)   《현대문학》에 〈달과 발과 게〉 발표. 정음사에서 단편집 《너
와 나만의 시간》 간행. 《현대문학》에 장편 〈일월〉 제3부 연
재 완결함. 창우사에서 《황순원전집》 전6권 간행. 서울시
문화위원에 피촉.
- 1965년(51세)   《사상계》에 단편 〈소리 그림자〉를 발표한 데 이어 《신동아》
에 〈온기 있는 파편〉 발표. 《현대문학》에 〈어머니가 있는 6
월의 대화〉 발표. 《사상계》에 〈아내의 눈길〉을, 《예술원보》
에 〈조그만 섬마을에서〉를 발표.
- 1966년(52세)   《현대문학》에 단편 〈원색 오뚜기〉와 〈자연〉을, 《문학》에
〈우산을 접으며〉를, 《신동아》에 〈닥터 장의 경우〉를 발표.
장편 〈일월〉로 3·1문화상 수상. 3·1문화상 심사위원에
피촉.
- 1967년(53세)   《현대문학》에 단편 〈피〉와 〈겨울 개나리〉를, 《신동아》에
〈차라리 내 목을〉을 발표. 단편 〈너와 나만의 시간〉과 〈바
늘〉을 신태양사의 《한국수상문학전집》 제6권에 수록. 단편
〈잃어버린 사람들〉과 장편 〈일월〉이 영화화됨.

1968년(54세)	《현대문학》에 단편 〈막은 내렸는데〉 발표 및 장편 〈움직이는 성〉 제1부 연재. 한글 전용 심의위원에 피촉. 〈나무들 비탈에 서다〉, 〈카인의 후예〉가 영화화됨.
1969년(55세)	조광출판사에서 《황순원 대표작 선집》 전6권 간행. 《현대문학》에 장편 〈움직이는 성〉 제2부 3회분 연재. 단편 〈황노인〉 외 8편을 삼성출판사의 《한국단편문학대계》에 수록.
1970년(56세)	《현대문학》에 장편 〈움직이는 성〉 제2부 2회분 연재. 국민훈장 동백장 수여. 국제 펜클럽 제37차 서울대회에서 '한국 해학의 특성'이라는 제목으로 주제 발표.
1971년(57세)	《현대문학》에 장편 〈움직이는 성〉 제2부 4회분 연재. 《조선일보》에 콩트 〈탈〉 발표. 외솔회 이사에 피촉.
1972년(58세)	《현대문학》에 장편 〈움직이는 성〉 제3·4부 연재 완결.
1973년(59세)	삼중당에서 장편 《움직이는 성》 및 《황순원문학전집》 전7권 간행.
1974년(60세)	《현대문학》에 시 〈동화〉, 〈초상화〉 등과 단편 〈숫자풀이〉, 〈마지막 잔〉 등 발표.
1975년(61세)	단편 〈뿌리〉, 〈주검의 장소〉 등 발표.
1976년(62세)	문학과지성사에서 단편집 《탈》 간행.
1977년(63세)	시 〈돌〉, 〈고열을 앓으며〉, 〈전쟁〉, 〈링컨이 숨진 집을 나와〉 등과 단편 〈그물을 거둔 자리〉 발표.

■ 1978년(64세)   《문학과지성》에 장편 〈신들의 주사위〉 연재 발표.

■ 1979년(65세)   《한국문학》에 시 〈모란 I · II〉 발표.

■ 1980년(66세)   《한국문학》에 시 〈꽃〉 발표. 경희대학교 교수 정년퇴임과
                 동시에 명예교수로 취임. 《문학과지성》의 정간으로 장편
                 〈신들의 주사위〉 연재 중단. 문학과지성사의 《황순원전집》
                 전12권 중 제1권 《늪/기러기》와 제9권 《움직이는 성》 간행.
                 에드워드 W. 포이트라스의 영역으로 홍콩에서 단편집 《별
                 (The Star)》 간행.

■ 1981년(67세)   문학과지성사의 《황순원전집》 중 제2권 《목넘이 마을의 개
                 /곡예사》와 제6권 《별과 같이 살다/카인의 후예》 간행. 《문
                 학사상》에 장편 〈신들의 주사위〉를 처음부터 다시 연재하
                 기 시작. 《황순원전집》 중 제3권 《학/잃어버린 사람들》과
                 제7권 《인간접목/나무들 비탈에 서다》 간행.

■ 1982년(68세)   《현대문학》에 시 〈낭만적〉, 〈관계〉, 〈메모〉 등 발표. 《황순
                 원전집》 중 제8권 《일월》 간행.

■ 1983년(69세)   〈신들의 주사위〉로 대한민국 문학상 본상 수상.

■ 1984년(70세)   《현대문학》에 단편 〈그림자 풀이〉를, 《월간조선》에 시 〈우
                 리들의 세월〉을, 한국일보에 시 〈도박〉을 발표. 6월부터 8
                 월까지 두 달간 부부동반으로 미국 · 유럽 등지를 여행. 《현
                 대문학》에 시 〈밀어〉, 〈한 풍경〉, 〈고백〉 등을 발표. 《문학사

상〉에 시 〈기운다는 것〉을 발표.

■1985년(71세)   고등학교 교과서 국어 2에 단편 〈학〉 수록.《황순원전집》
전12권 완간.《한국문학》에 단편 〈나의 죽부인전〉을,《세계
의 문학》겨울호에 단편 〈땅울림〉을 발표. 고희기념.

■1986년(72세)   《현대문학》에《말과 삶과 자유》II를 발표.

■1987년(73세)   《현대문학》에《말과 삶과 자유》IV를 발표. 제1회 인촌(仁
村)상 문학부문상 수상. 예술원 원로회원에 추대.

■1988년(74세)   《현대문학》에《말과 삶과 자유》VI를 발표 완결.

■1989년(75세)   단편 〈탈〉, 〈어머니가 있는 유월의 대화〉, 〈숫자풀이〉, 〈겨
울 개나리〉, 〈우산을 접으며〉, 〈온기 있는 파편〉, 〈피〉, 〈아
날의 지각〉, 〈조그만 섬마을에서〉, 소리 그림자〉, 〈원색 오
뚜기〉, 〈자연〉, 〈막을 내렸는데〉, 〈주검은 장소〉, 〈나무와
돌, 그리고〉가 영역되어 'The Book of Masks(Readers
International)'을 표제로 영국에서 출간.

■1990년(76세)   단편 〈학〉, 〈조그만 섬마을에서〉, 〈피〉, 〈사마귀〉, 〈갈대〉,
〈이리도〉, 〈소나기〉, 〈눈〉, 〈메리 크리스마스〉, 〈황노인〉,
〈필묵 장수〉, 〈손톱에 쓰다〉, 〈독 짓는 늙은이〉, 〈맹산 할머
니〉, 〈사나이〉, 〈가랑비〉, 〈탈〉, 〈곡예사〉, 〈비바리〉, 〈링반
데룽〉, 〈참외〉, 〈너와 나만의 시간〉, 〈그림자 풀이〉, 〈과부〉,
〈소리 그림자〉가 'Shadows of a Sound(Mercury

House)'라는 표제로 미국에서 출간.

■ 1992년(78세)　　《현대문학》에 〈산책길에서〉 연작과 〈죽음에 대하여〉 등의
　　　　　　　　　시를 발표, 이로써 시 104편, 단편 104편, 중편 1편, 장편 7편,
　　　　　　　　　그리고 산문집의 글로 공식적인 작품 활동을 마감.

■ 2000년(85세)　　9월 14일 사망.

■ 2001년　　　　　중앙일보사에서 황순원 문학상 제정.

황순원 초기 소설의 세계

김재영 | 문학평론가, 연세대학교 강사

1

　'소설가는 소설가로 충분하다'. 재직하던 경희대학교에서 문학 박사 학위를 수여하려 했을 때, 황순원은 이러한 말로 거절했다고 한다. 아주 단순하지만 그의 성품을 잘 드러내는 말인 듯하다.

　1937년 7월 〈거리의 부사副詞〉라는 단편소설을 써서 소설가로 등단했을 때, 그는 이미 두 권의 시집을 내놓은 시인이었다. 하지만 이후 그의 삶은 온통 소설에 바쳐지고, 1985년 〈땅울림〉에 이르기까지 장편소설 일곱 편과 여덟 권의 작품집에 실리게 되는 약

100여 편의 단편소설을 써내었다. 50여 년의 작가생활의 결과라고 한다면, 이러한 분량이 대단한 것이라고는 할 수 없을지도 모른다. 하지만 그 작품들이 상당히 고르게 높은 수준을 유지하고 있다는 점은 그가 작품 하나하나에 기울였던 남다른 정성을 보여주는 것이다. 그는 처음 작품을 쓸 때뿐만 아니라, 그것이 다시 인쇄될 때마다 토씨 하나라도 끊임없이 수정하는 노력을 보여주었다. 해방과 전쟁 그리고 급속한 자본주의화라는 역사 과정 속에서 인간 윤리의 문제를 근본적인 차원에서 사고하면서도, 자신만의 독특한 서정적 아름다움 또한 성취하고 있는 그의 작품들은 이러한 장인정신이 빚어낸 성과일 것이다.

그의 소설들은 너무나도 다양한 삶의 측면들을 드러내고 있기에, 어떤 특정한 주제나 형식적 경향을 추출해 내는 것은 쉬운 일이 아니다. 하지만 편의상 창작 시기를 염두에 두면서 그의 작품 이해의 주요 지점들을 다음과 같이 설정해 볼 수는 있다.

첫째, 순수함에 대한 지향이 전통과 만나고 있는 것으로 보이

는 초기 단편들의 세계―이 책에 실린 네 작품은 모두 이에 속한
다. 둘째, 전쟁을 통해 역사를 장편서사 속에 받아들이며 좌절하
는 인간상들을 많이 보여주게 되는 중기 장편의 세계―〈카인의
후예〉나 〈나무들 비탈에 서다〉와 같은 작품이 대표적이라고 할
수 있다. 셋째, 전통과 자신에 대한 반성을 수행하고 구원을 추구
하는 후기 장편의 세계―〈움직이는 성〉이나 〈신들의 주사위〉가
대표적이다. 여기서는 이 책에 실려 있는 네 작품을 통하여 그 첫
시기의 황순원의 작품세계에 접근해 보려 하는데, 이를 통하여 우
리는 황순원 소설의 뿌리에 놓여 있는 정서와 주제의 의미를 생각
해 볼 수 있을 것이다.

2

　〈별〉의 주인공 '아이' 는 누이가 죽은 어머니를 닮았다는 한 동
네 노파의 말을 우연히 들은 후, 그 전과는 아주 다른 아이가 되어

버린다. 이는 거의 전적으로 누이와의 관계에서 그러한데, 누이가 만들어준 예쁜 각시인형을 언제나 란도셀 속에 넣어 가지고 다니던 아이가 누이를 미워하여 못되게 굴게 되는 것이다. 이는 '못생긴' 누이가 '아름다운' 어머니와 같아서는 안 된다는 생각 때문이다. 그렇기 때문에 누이의 행위에서 '어머니 같은 애정'을 느낄 때는 더욱 가혹하게 누이를 대하게 된다.

이러한 아이의 심사는 어머니에 대한 그리움만으로는 잘 설명되지 않는다. 그 때문에 이 소설에서 주목되는 것은 아이의 어머니에 대한 생각이 거의 전적으로 아름다움하고만 관계되어 있다는 점이다. 자기가 여러 일화들을 통해 공들여 보여주는 것은 아름다움에 대한 아이의 남다른 의식이다. 동무와 땅따먹기를 할 때, 아이가 만들고 싶어 하는 것은 무지개와 같이 아름다운 동그라미일 뿐인데, 이를 동무나 누이는 이해하지 못한다. 또 누이가 뒷집 계집애와 싸울 때, 아이는 누이의 기대와는 달리 "누이보다 이쁜 뒷집 계집애가 싸움에 이기는 게 옳다고 생각하며" 그냥 지나가 버린다. 또 다음과 같은 장면도 아이의 아름다움에 대한 민감함이 섬세하게 드러나고 있다.

> 노파는 이번에는 화로에 꽂았던 인두를 뽑아 자기 입술 가까이
> 갖다 대어 보고 나서, 반만큼 세운 왼쪽 무릎 치마에 문대고는 일
> 감을 잡으며 그저, 그러구 보믄 다르든 것 같기두 하군, 했다. 아
> 이는 인두질하는 과수 노파의 손 가까이로 다가서며 퍼뜩 과수
> 노파의 손이 나이보다는 젊고 고와 보인다는 생각을 하면서, 우
> 리 오마니 닛몸은 우리 뉘 닛몸터럼 검디 않고 이뻤디요? 했다.
>
> 〈별〉 중에서

이러한 아이의 특성을 생각한다면, 그리움 때문에 어머니가 미화되고 있다기보다는 아름다움에 대한 동경이 적절한 대상으로서 없는 어머니를 찾게 했다고 하는 것이 더 맞는 말일 것이다. 그러므로 '뒷집 계집애보다 더 이쁜 소녀'와의 일화가 보여주듯이 그 아름다움은 이 세상에 있을 수 없는 것이고, 또 이 세상에 있을

수 없는 것이기에 가능한 어떤 것이다. 아이를 통해 어머니가 별과 연관되는 것은 이러한 면을 잘 보여준다. 이렇듯 이 작품에서 드러나고 있는 것은 이 세상에는 있을 수 없는 완전한 아름다움에 대한 동경과 그 때문에 현실세계의 삶의 윤리를 거부하여 일어나는 갈등이다.

이 작품에서 그것이 인물간의 갈등으로 충분히 전개되지는 않는데, 그 이유는 누이가 아이의 모든 것을 받아들이는 어머니 같은 애정을 보여주고 있기 때문이다. 하지만 아이는 결국 누이를 잃게 된다. 누이 또한 이제는 이 세상에 없는 어떤 것이 되었기에, 결국 별이 된다. 그리고 아이가 어머니 별을 만나는 것 또한 그 누이 별을 만나는 바로 그 시점에서야 이루어지는 것이다. 현실 세계의 가장 소중한 것을 잃고 그것을 잃음으로써만 그 소중함을 긍정할 수 있게 되는 것이다. 그리고 이것이 바로 아이의 성장의 내용이 될 것인데, 그러한 성장의 근원에서 작용하고 있는 것이 예민한 미의식이라는 점에서, 이 이야기는 시인이자 소설가인 작가 자신의 성장기로도 읽힌다. 그렇기에 이 작품은 예술가의 근원적 갈등을 그 원천에서 추적하는 특이한 예술가 소설이라고 할 수 있다.

3

〈산골아이〉는 두 부분으로 나뉘어 있는데, 우선 첫째 부분은 할머니가 들려주는 여우고개 이야기가 중심이다. 그 이야기는 여우가 꽃 같은 색시가 되어 사람을 홀리는 유혹의 이야기이다. 그 유혹은 너무 매혹적이어서 아이는 꿈 속에서 바로 그 꽃 같은 색시를 만나지만, 구슬을 삼키지 못한다. 실제로 그가 삼키지 못한 것은 입에 물고 있던 도토리였다. 둘째 부분은 반수 할아버지가 호랑이에게서 아이를 찾아왔다고 전해져 오는 이야기가 중심인데, 이 또한 할머니가 들려주는 옛이야기와 거의 같은 방식으로 아이에 의해 반복된다. 아이는 다시 꿈 속에서 호랑이에게 물려간 아버지를 구하고 호랑이도 잡는 것이다. 하지만 깨어나서는 무서워서 이불을 뒤집어쓴다.

이 이야기들 안에 들어 있다고 생각할 수 있는 일반적인 교훈의 의미는 어렵지 않게 파악된다. 첫째 이야기가 삶에서 거치게 될 유혹에 대한 경계이며 동시에 겉보기와 다른 실재를 보여주고 있다면, 둘째 이야기는 위기를 극복하기 위한 용기와 같은 것을 드러내고 있다고 할 수 있다. 특이한 것은 아이를 구하는 아버지의 이야기가 아이의 꿈속에서는 아버지를 구하는 아이로 뒤바뀌어 실현된다는 점인데, 이는 위장된 욕망이라는 꿈의 특성을 잘 보여주는 것이다. 익히 알려진 대로 꿈은 무의식의 왕도이고, 아이의 욕망이 이야기와 만나는 과정이 바로 꿈인 것이다. 그리고 그 과정을 통하여 이 이야기들은 아이 삶의 일부가 되어 버린다.

실제로 이 소설에서 중요한 것은 하나하나의 이야기의 의미라기보다는 옛이야기가 꿈을 통하여 아이의 욕망에 매개되어 아이의 것으로 되어가는 과정이라고 할 수 있고, 이를 통해 드러나는 인간의 형성에 대한 어떤 관점이라고 할 수 있다.

아이에게 무슨 일이 일어났는가는 바깥의 이야기와 아이의 욕구를 아우르지 않고는 알 수 없는 어떤 것이다. 때문에 아 작품은 황순원 작품답지 않게 형식적인 완결성이 결여되어 있다고도 할 수 있다.

단지 여기의 이 두 이야기가 아니라 무수히 많았을 할머니와 동네 사람들의 이야기들을 자양분으로 이루어지는 인간의 형성을 보여주고 있는 것이다.

이 점을 생각한다면 이 작품의 제목이 되는 〈산골아이〉의 의미도 새롭게 생각된다. 이 아이는 '도토리를 꿰어 눈 속에 묻었다가 먹는' 그런 아이다. 근대적인 세계와 철저하게 단절되어 있는 그런 아이인 것이다. 그런 아이의 삶이 지금 우리에게 무슨 의미가 있을 것인가는 모호하다.

하지만 이 작품 속의 아이의 성장은 '맹산 할머니'나 '독 짓는 늙은이'의 인간됨을 가능하게 하는 성장이라고도 할 수 있을 것

이라는 점에서 우리가 읽을 또 하나의 작품인 〈독 짓는 늙은이〉를
통하여 그 의미를 짐작해 볼 수도 있을 것이다.

4

〈독 짓는 늙은이〉는 위의 두 작품과 함께 《기러기》라는 작품
집에 실려 있는데, 이번에는 노인이 등장한다. 이 작품집에는 이
외에도 노인이 등장하는 작품이 상당히 많이 있다. 〈병든 나비〉,
〈애〉, 〈황 노인〉, 〈맹산 할머니〉 등이다. 모두 죽음을 앞두고 있
거나 실제로 죽음을 맞이하는 인물들의 이야기이다.

〈독 짓는 늙은이〉의 송 영감은 아내가 조수와 눈이 맞아 도망가
고 어린 아들만 데리고 살아가고 있는데, 병들고 지쳐 있다. 전체
적인 이야기는 송 영감이 아들을 남에게 양자로 주고 죽어가게 된
다는 것이고, 그 이야기는 그가 앓는 몸으로 독을 짓고, 말리고, 불
을 때고, 그 독이 터져나가는 등의 그의 일과 밀접하게 연관되어

진행된다. 그러나 이 작품에서 우리가 주목하게 되는 것은 그러한 이야기의 전개라기보다는 하나의 장면, 그의 죽음의 장면이다.

그러나 송 영감은 다시 일어나 가마 안쪽으로 기기 시작했다. 무언가 지금의 온기로써는 부족이라도 한 듯이. (중략) 그러다 가 열어젖힌 곁창으로 새어 들어오는 늦가을 맑은 햇빛 속에서 송 영감은 기던 걸음을 멈추었다. 자기가 찾던 것이 예 있다는 듯이. 거기에는 터져나간 송 영감 자신의 독 조각들이 흩어져 있었다.

송 영감은 조용히 몸을 일으켜 단정히, 아주 단정히 무릎을 꿇고 앉았다. 이렇게 해서 그 자신이 터져나간 자기의 독 대신이 라도 하려는 것처럼.

〈독 짓는 늙은이〉 중에서

여기에는 죽음의 자세 하나만으로 만들어지는 숭고한 아름다움이 있다. 아마 이 자세가 보여주는 것은 죽음을 거부하지 않으면서도, 죽음에 맞서서 끝까지 자신의 인간다움을 지키고자 하는 '자존'의 정신일 것이다. 그리고 그 마지막 순간에 보여주는 자세는 곧 삶의 자세이기도 하다. 작가는 이러한 삶의 자세를 사라져 가는 어떤 것으로 보여주는 듯하며, 그 때문에 그의 순수함이나 인간다움에의 추구가 전통적인 삶의 양식과 만나고 있음을 볼 수 있는 것이다.

5

〈소나기〉는 해방 전에 쓰여진 앞의 세 작품과는 달리 1952년, 즉 한국전쟁의 시기에 쓰여졌다. 그의 소설 중 가장 순수한 아름다움의 세계를 보여주고 있는 것이 가장 지옥 같은 시절에 쓰여지고 있다는 점은 역설적이다. 그야말로 탁한 현실에 맞서는 작가의 '꿈'을 농축하고 있는 작품이라고 할 수 있을 것이다. 이 시기에 있어서 작가의 유년 시절의 순수함에 대한 동경은 이 작품이 실려 있는 작품집의 표제작인 〈학〉이 아주 선명하게 보여주고 있다. 전쟁이라는 냉엄한 현실 속에서 적으로 맞서 있는 〈학〉의 두 주인공의 갈등은, 그들이 동심의 세계로 돌아감으로써 해결되는 것이다.

〈소나기〉는 바로 그 유년 시절의 순수한 마음의 세계를 완벽하게 보여준다. 때문에 이 소나기의 주인공들의 뒤에는, 이전 작품에서 볼 수 있듯 어린이들의 순진함 뒤에 놓여 있는 무의식의 그림자는 거의 보이지 않는다. 단지 소년과 소녀의 만남에서 이루어지는 미묘한 감정의 나눔, 모든 외적인 조건을 초월하고 있다는 점에서 순수한, 그리고 마지막 소녀의 말에서 드러나듯 진실한 교감이 가슴 저리게 드러나는 것이다.

물론 이 작품에서도 소녀의 죽음이 가장 중요한 사건인 데서 알 수 있듯이, 현실적인 삶의 비극이 드러나고 그 아픔을 통하여 소년의 성숙이 이루어지리라는 것을 예상할 수 있다. 하지만 이 작품의 초점이 그러한 소년의 성숙에 맞추어져 있는 것은 아니다. 소녀의 죽음은 그들의 아름다운 만남을 이미 지나가 버린 순간으로 만들고, 바로 그 때문에 그 만남은 '땅 위의 이슬' 과 같은 정점의 아름다움이 된다.

이 아름다움은 개인의 순수한 진정성이 만들어내는 것이라는 점에서 윤리적이기도 하다. 하지만 〈학〉의 세계가 정말 현실적인 비전이 될 수 있을 것인가가 의심스러운 것과 마찬가지로 순수함은 그만큼 허약한 것이다. 그럼에도 불구하고 언제 보아도 이 소년과 소녀의 만남이 아름다운 것은 개인의 '진정성' 이야말로 모든 것에 앞서는 참된 삶의 바탕이기 때문일 것이다.